KB230531

철물점 **요미사카 소년**의 **수상한 부업**

카미우에 유키

대원씨아이

철물점
요미사카 소년의
수상한 부업

목차

인 형

1

봉당 기둥에 걸린 일력의 얇은 종이가 산들바람에 나부끼고 있었다. 팔랑 떠올랐다 떨어지길 거듭하는 얇은 종이 표면에 까맣게 인쇄된 것은 메이쇼(明正) 15년 4월 1일이라는 날짜였다. 주변에 빼곡하게 진열된 것들은 냄비 혹은 주전자, 날붙이, 양동이 따위의 철제 도구들이다. 그리고 비누나 대나무 소쿠리, 빗자루 등의 잡화가 약간. 소박하고 잡다한 생활도구들을 두루 갖춘 이곳은 철물점이다.

가게 주인인 요미사카는 상품에 앉은 먼지를 한창 떨어내는 중이었다. 그러나 이 근방에서는 좀처럼 들릴 일이 없는 시끄러운 소리에 손을 멈췄다. 요미사카는 길가를 향해 열어두었던 유리문 사이로 고개를 쏙 내밀어 밖을 살폈다.

화창한 햇살 아래, 반들반들 광이 나는 자동차가 기세 좋게 달려오고 있었다. 상점가의 좁은 길에서 요란한 경적음으로 행인들을 쫓아내고 모래 먼지를 일으키며 점차 속도를 늦춘 자동차는 정확하게 요미사카 철물점 앞에서 멈췄다.

매끄러운 동작으로 차 안에서 내린 사람은 검은 양복을 말쑥하게 차려 입은 백발의 남자였다. 남자는 총채를 들고 멀거니 서 있는 요미사카를 발견하자 정중한 태도로 자신을 소개했다.

"저는 카가와 남작가의 집사로 재직 중인 하타야마라고 합니다. 실은 이 댁 주인분께 모쪼록 상담을 드리고 싶은 사안이 있어 모시러 왔습니다만, 주술사 요미사카 헤이조 씨는 안에 계십니까?"

요미사카는 어딘가 기계인형을 방불케 하는 하타야마의 장신을 올려다보았다. 어깨 끝에 검댕이가 뭉쳐진 듯한 까만 덩어리 한 개가 걸려 있는 것이 보였다. 음기의 먹구름이다.

—흐음, 그 남작가라는 곳은 썩 달가운 장소는 아닌가 봐.

요미사카는 하타야마의 직장 분위기를 추측해보며 대답했다.

"헤이조는 작년에 93세로 타계했습니다."

"네에?!"

하타야마를 우아하게 포장하고 있던 미소가 순식간에 빛을 잃었다. 너무나 노골적으로 낙담하는 모습에 요미사카는 그만,

"괜찮다면 그 이야기를 제가 들어도 되겠습니까?"

라고 말했다가 곧바로 후회했다. 하타야마의 얼굴에 이번에는 노골적으로 의심 가득한 표정이 떠올랐기 때문이다. 하타야마는 요미사카의 얼굴을 뚫어져라 쳐다보더니, 몹시 아쉬운 기색으로 중얼거렸다.

"그럼 혹시 당신이… 요미사카 씨의 후계자 되십니까?"

"네, 그런 셈이죠."

"거 참, 너무 젊으신데….'"

하타야마는 약한 숨과 소리를 동시에 뱉으며 도무지 시선의 갈피를 잡지 못했다.

주술을 다루는 자는 하나같이 고령이다. 그야 그쪽이 손님들에게 먹히기 때문이다. 단순한 이미지의 문제지만, 점술이나 주술 업종에서는 그 이미지가 가장 중요하다.

눈으로 확인할 수 있는 생활물품을 취급하기에, 누가 운영해도 손님의 부당한 의혹을 살 일이 없는 단순하고 알기 쉬운 철물점과는 달리.

요미사카 소년은 그래서 주술사 가업이 싫었다. 만약 본업만으로 충분히 먹고 살 수 있었다면 이렇게 수상쩍은 부업 간판 따윈 갖다버렸을 것이다. 바로 옆에 있는 멋진 주머니칼로 조각조각 난도질해서 색종이 가루처럼 만들어버리고 싶을 정도였다. 그러나 영세상점의 비애, 그러니까 본업만으로는 목구멍에 풀칠을 하기 어렵기 때문에 『점, 주술, 퇴

마 전문」이라는 벽보를 가게 구석에 붙여두지 않을 수 없었다. 그렇다면 필연적으로 이런 인간들도 상대할 수밖에 없다.

—내가 마음에 안 차면 빨리 가버리든가.

하타야마의 불신 가득한 태도에, 요미사카는 마음이 상해서 가게 안으로 돌아가려 했다. 그러나,

"허나… 그래도 요미사카 씨의 후계라면… 불안하긴 하나 어쩔 수 없지요. 도와주십시오. 사안이 너무 급박한지라 헛걸음만 하고 돌아갈 순 없어서요"라는 하타야마의 말에 발을 멈추고 말았다.

몇 분 후. 요미사카는 고상하게 무례한 하타야마와 나란히 자동차의 뒷좌석에 올라탔다. 그리고 카가와 저택까지 약 2시간. 빠르게 달리는 자동차 안에서 한껏 흔들리다 도착한 곳은 광대한 정원으로 둘러싸인 귀족가의 견본 같은 대저택이었다.

카가와 저택에서는 예의 까만 덩어리를 도처에서 관찰할 수 있었다. 이따금 통로 안쪽에서 스윽 미끄러져 나온 녀석과 충돌할 뻔했지만 고개를 까딱 기울여 피했다. 모르는 사람에게는 아무래도 기이한 행동으로 보일 수밖에 없어, 그때마다 하타야마가 의심 가득한 눈빛으로 비스듬히 돌아보곤 했다. 방금 피한 덩어리가 쑤욱 떠올라 하타야마의 머리 위에 착지하는 것을 본 요미사카는 민망한 마음에 헛기침을 했다.

요미사카의 시력은 일반인과는 다소 차이가 있었다. 가령 지금 요미사카에게 보이는 검은 덩어리는 평범한 인간들의 눈에는 보이지 않는다. 민감한 인간이라면 '느끼는' 정도는 가능하지만 결국 명확하게 인식할 수는 없다는 점에서는 별반 다를 게 없다.

그러나 요미사카는 일반인의 눈에 보이지 않는 것에 대해 일일이 언급하지 않았다. 그래봤자 딱히 이득이 될 것도 없고 대부분의 경우, 상

대에게 쓸데없이 불쾌감만 안기기 때문이다.

서재로 안내받은 요미사카는 즉시 저택의 주인과 대면하게 되었다. 자신감과 생명력이 넘치며, 실제로 유능한 실업가이기도 한 카가와 남작은 귀족이라기보다는 재계인다운 용모의 소유자였다. 그런 주인이 눈짓을 하자, 하타야마는 일단 머리를 조아리며 물러나더니 곧 칠쟁반을 들고 돌아왔다. 하타야마는 그것을 응접세트의 소파에 앉은 요미사카의 앞에 공손하게 내밀었다.

카가와가 팔걸이에 걸쳐둔 손을 살짝 들었다. 주인의 무언의 명령에, 쟁반을 덮은 덮개를 치웠다.

나타난 것은 한 개의 인형이었다. 짚을 사람 모양으로 엮은 저주 인형. 인형의 몸통에는 3개의 대침이 깊이 꽂혀 있었다.

"하아, 확실하군요. 이건 저주의 교과서에 싣고 싶어질 정도로 모범적인 저주 인형이네요. 만든 사람의 꼼꼼한 성격이 엿보입니다."

요미사카는 인형을 들고 요모조모 뜯어보았다.

"맞네. 그린 듯한 저주 인형이지. 얼마 전 정원사가 별채 툇마루 밑에서 발견했네. 별채엔 아들인 치히로가 지내고 있는데… 보다시피 보통 물건이 아니야. 즉 이것이 주술사, 당신을 이 저택으로 부른 이유라네."

"저어, 저는 철물상입니다. 주술업은 어디까지나 부업—" 하고 요미사카가 덧붙이려 했지만 카가와는 싸늘한 시선으로 묵살해버렸다.

"아무래도 어떤 놈이 내 아들에게 저주를 건 것 같아. 5년 전 장남인 유키히코를 잃고 이제 남은 아들은 그놈 하나뿐인데, 두 달 전에 기이한 병에 걸렸네. 참으로 이상한 것이 어떤 의사에게 보여도 도무지 차도가 없어. 하나같이 진단조차 못 내리고 포기하더군. 아들은 날로 쇠약해질 뿐이고. 마지막으로 왔던 의사는… 병리 연구 분야에서는 꽤나

고명한 박사라고 하던데, 그 자가 뭐라고 지껄였는지 아나? 이미 늦은 것 같다는 게야. 요즘 시대에 주술사가 웬 말인가 싶지만 더 이상 방법도 없고 궁지에 몰려 지푸라기라도 잡는 심정으로 그쪽에 사람을 보낸 거라네. 그런데 그것마저 틀려버렸군. 헤이조인지 뭔지는 이미 죽었다지 않나. 아주 용한 주술사라고 해서 기대했는데, 하필이면. 저주의 출처를 밝혀내서 뿌리를 뽑아버릴 작정이었는데, 자네 같은 애송이가 과연⋯.”

요미사카를 못마땅한 표정으로 노려보며 카가와는 혀를 찼다.

“염려 마십시오. 업에 관해서는 선대에게 충분히 배웠습니다. 만약 정말 아드님이 몸져누우신 원인이 저주 때문이라면 말끔히 해결해드리겠습니다. 그 점은 안심하셔도 좋습니다.”

그렇게 말하면서 요미사카는 인형의 목에 해당하는 부분에 감긴 종이 노끈을 풀었다.

'怨 賀川 二男 四月十日'이란 문자가 휘갈기듯 적혀 있었다. 이론대로 인형을 만들었다면 배 부분에 튀어나온 모발은 치히로 본인의 것이 틀림없다.

“여기 4월 10일이라고 명시되어 있는데⋯ 이 날 이 댁에 어떤 특별한 행사라도 있습니까?”

“아니, 아무것도 없네. 매월 10일에는 귀족회관에서 정례 회합이 있어.”

“그럼 아드님에 대해 여쭙겠습니다. 누군가의 원한을 살 만한 행동을 했거나, 아드님께 원한을 가질 만한 사람은 혹시 없습니까?”

“전혀. 조용한 아이야. 저택에 데려오고 나서 여태까지 말 한 마디 제대로 하는 걸 못 봤네. 그러다 학교도 점점 나가지 않고 방에 틀어박혀서 술만 마시게 됐지. 딱 그때 이 저주 소동이 일어난 거야. 허나 아무리 그래도 이 카가와의 귀한 후계자 아닌가. 죽으면 곤란하네."

"그렇군요. 귀족 가문을 이을 자격을 가진 자는 당주의 직계인 남자뿐이니까요."

남작은 쓸쓸한 얼굴로 고개를 끄덕였다.

"내게는 치히로와 그 애 여동생인 토미코 말고도 자식이 여럿 있긴 하네만 죄다 계집애들뿐이야. 사내놈은 안으로도 밖으로도 치히로 하나뿐이네. 만약 그놈이 죽기라도 하면 언젠가는 작위를 반납할 수밖에 없게 돼. 돈이 없어서도 아니고, 후계자가 없어서 작위를 잃는다니, 이 무슨 치욕이란 말인가. 정통 귀족에게는 있을 수 없는 불명예란 말이네. 그 꼴은 절대 못 보지."

"요컨대 가문 존속의 위기로군요. 그렇다면 마님께서도 심려가 크시겠네요."

"그게, 그렇지도 않아. 아내는 재벌 출신이거든. 작위 운운에는 도통 관심이 없어. 그 사람이 신경 쓰는 것은 고작해야 연극 작품이나 옷, 토미코의 결혼 정도라네. 여자들이란 우둔하고 천박하지. 세상에 대해 아무것도 모른다니까."

문득 노크 소리가 났다. 문이 열리고 잠시 모습을 감췄던 하타야마가 나타났다.

"마님께서 차를 대접하시겠다며 기다리고 계십니다. 요미사카 님도 자리에 함께 하시길 청하셨습니다."

"미련하긴. 지금 한가하게 여자들 차 마시는 데 어울려 주고 있을 땐가? 하타야마, 밖에 차 대기시켜. 외출해야겠네."

─나간다고? 당신이야말로 이 상황에 어딜 간단 말입니까. 아드님이 저주를 받아 당장이라도 죽게 생겼는데.

라는 요미사카의 황당한 기색에도 아랑곳하지 않고, 카가와는 뒤도 돌아보지 않고 나가버렸다. 주변에 산재한 검은 구름을 거침없이 흩뜨리면서.

활력이 왕성한 남작에게 음기의 검은 구름 따윈 별 장애도 되지 않는 모양이었다. 그래도 집 안에 검은 구름이 많아서 좋을 건 없다. 같은 '구름'이라도 하얀 것은 양기를 내뿜어 아늑한 느낌이 들게 해주지만, 검은 구름은 그 반대다. 집 안에 이 녀석이 지나치게 증가하면 비유가 아니라 말 그대로 공간이 싸늘해진다. 엄밀히 말하면 기(氣)에도 온도가 있는 것이다.

카가와 저택은 곳곳에 검은 구름—음기가 널리 퍼져 있는 집이었다. 물론 사람이 모여 있는 곳에 어느 정도 음기가 떠도는 것은 당연하다. 그러나 이 저택의 공기가 더욱 으스스하게 느껴지는 것은 저 수많은 검은 구름 탓도 있지만, 온기를 뿜어내는 하얀 구름을 그 어디에서도 찾아볼 수 없기 때문이 틀림없다.

"그 사람의 병은 인과응보예요."

카가와 부인은 그렇게 말하며 홍차가 든 찻잔을 입으로 가져갔다. 까칠하게 야윈 얼굴에 붓으로 그린 듯한 눈초리가 매섭게 치켜 올라가 있다. 그러나 혹박하게 일그러진 입술 사이로 튀어나온 말은 더욱 신랄했다.

"그 사람의 어미는 신분이 낮은 첩이랍니다. 근본은 양가집 여식이었다 하나 그래봤자 푼돈에 제 몸뚱이를 판 사람이지요. 어떤 비열한 사상을 갖고 있다 한들 놀랍지도 않아요. 그런 여자의 아들에게 분수에 맞지도 않는 지위나 재산을 물려줘야 한다니, 그럴 바엔 카가와 집안 따윈 차라리 망해버리는 게 나아요."

싸늘하게 내뱉는 부인의 옆에서 딸인 토미코가 웃음기 하나 없이 과자를 쿡쿡 찌르고 있었다.

"마님께서는 무척… 치히로 씨를 싫어하시나 보군요."

"당연하지요. 그 사람의 어미는 저주를 쓰는 진짜 마녀였으니까요. 틀림없어요. 그렇지 않다면 유키히코가 그렇게 끔찍하게 죽었겠어요? 그건 틀림없이 그 여자가 저주한 겁니다. 어쨌든 유키히코만 사라지면 카가와의 재산은 모조리 제 아들 수중에 떨어지니까요. 아들을 이 집에 보내고 얼마 안 돼서 죽은 게 가장 큰 증거예요. 틀림없이 제 목숨을 제물 삼아 사악한 술법으로 유키히코를 저주했겠지요. 정말이지 끔찍해!"

"…저어, 그래서 지금 치히로 씨의 상태는 좀 어떻습니까?"

점점 살기등등해지는 악담을 요미사카가 조심스레 끊자, 부인은 일그러진 웃음을 지었다.

"글쎄요, 시중은 하녀들에게 맡겨둬서."

그때 토미코가 끼어들었다.

"저, 실은 타에가 우물가에서 그 사람이 더럽힌 것들을 빨고 있는 모습을 몇 번 본 적 있어요. 한 번은 대야 안이 새빨간 피로 가득해서… 어찌나 비위가 상하던지."

말의 내용과는 당최 어울리지 않는, 고상하고 품위 있는 말씨였다.

"어차피 얼마 못 갈 거예요. 모습이 보이지 않는다는 건 자리에서 일어날 수 없다는 뜻 아니겠어요?"

딸의 말을 받아, 부인이 거침없는 어조로 내뱉었다. 끔찍한 말을 하는 그 명랑한 음성에, 요미사카는 조용히 눈을 내리깔았다.

"저어, 지금 치히로 씨를 뵙고 싶은데, 가능할까요?"

"그럼요, 얼마든지요. 그 사람은 별채에 누워 있으니까요, 저기, 보이죠? 저 생울타리를 따라서 쭉 가면 곧 보일 거예요."

부인은 테라스 쪽 창 밖을, 마치 쓰레기통을 보는 듯한 눈빛으로 일

별하며 말했다.

동백나무 생울타리를 따라 오솔길이 나 있었다.

허리 정도의 높이로 정돈된 짙은 녹색 울타리 너머로 소나무 숲이 펼쳐져 있었다. 길을 따라 걷다보니 어디선가 분주하게 가위질을 하는 소리가 들려왔다. 요미사카는 걸음을 멈추고 주위를 둘러보았다. 발돋움을 하며 소리가 들려온 부근을 살펴보니, 빽빽한 소나무 가지 사이로 60대쯤 되어 보이는 정원사의 모습이 보였다.

"수고 많으십니다."

별안간 울려 퍼진 요미사카의 목소리에, 부지런히 솔잎을 쳐내던 남자가 고개를 들었다.

"별채에 계신 도련님께 용무가 있어 뵈러 가는 길입니다."

남자는 그렇게 말하는 요미사카를 수상쩍게 여기는 듯했다. 그는 길을 지나가던 낯선 소년을 유심히 뜯어본 뒤 비로소 입을 열었다.

"치히로 도련님께? 그러면 그쪽이 의사란 말이요? 그렇게 보이진 않는데."

"의사는 아니고 철물상입니다. 일용품이라면 뭐든 취급하는 요미사카 철물점의 주인이지요. 저희가 원예용품도 다양하게 갖추고 있는데요. 아, 요전에 아주 좋은 전정가위가 들어왔습니다. 잘 드는 건 말할 것도 없고 손잡이의 곡선은 어찌나 유려한지, 이건 뭐, 반하지 않을 수가 없는—."

"뭔 소리요, 치히로 도련님이 원예가위를 갖다 뭐 하게."

잠시 쉬고 있던 손을 다시 놀리며, 정원사는 면박을 주었다.

"아아, 실례. 오늘은 그분께 걸려 있다는 저주에 대해 알아보러 왔습니다. 악령 퇴치 의뢰를 받았거든요. 이쪽은 그저 부업이지만요."

"하아, 주술사였나? 그것도 참… 안 어울리는구먼."

정원사는 맥 빠진 듯한 소리를 내며 웃었다.

"실은 아까 이 댁 마님께 사정을 듣고 오는 길인데요. 전 후계자인 유키히코 씨라는 분은 치히로 씨 어머님의 저주를 받아 돌아가셨다고 하시더라고요."

"뭐어?"

돌연 정원사의 안광이 날카로워진 것은 그때였다.

"유키히코 도련님이 돌아가신 건 자업자득입니다."

어떠한 반론도 수용하지 않겠다는 듯, 정원사는 강한 어조로 단호하게 말했다. 그리고 빠르게 작업을 마무리한 뒤 사다리에서 성큼성큼 내려왔다. 요미사카가 꺼낸 화제가 그의 흥미를 제대로 건드린 모양이었다.

"안 그래도 한숨 돌리려고 했던 차입니다. 쉬는 김에, 진짜 속사정을 말씀드리죠."

정원사는 근처에 있던 정원석에 걸터앉더니, 띠로 매달아둔 주머니 안에서 담배를 꺼내 불을 붙였다. 그리고 퍽 맛있다는 듯 동그란 연기를 뿜어내며 천천히 이야기를 늘어놓기 시작했다.

"당시에도 우리 같은 저택 사용인들은 다 아는 일이었지만, 유키히코 도련님은 술과 여자에 미쳐서 지내다 돌아가신 겁니다. 도련님이 아버님을 닮아 아주 호색한이셨거든. 방탕함이 이루 말할 수가 없었지요."

"호오, 마님은 그렇게 말씀하지 않으시던데요. 치히로 씨의 어머님이란 분이 탐욕스럽고 투기가 심하고 음험해서 무고한 유키히코 씨를 저주로 주살한 뒤에 마물에게 영혼을 빼앗겨 변사한 거라고 하셨거든요."

"웃기는 소리. 내가 아는 바로는, 치히로 도련님의 어머님은 보는 사람이 짠해질 만큼 심성이 고운 분이었습니다. 마음도 여린데 몸까지 약하신 분이 유일한 삶의 낙인 치히로 도련님을 빼앗기셨으니 얼마나 상심이 크셨겠어요. 주인님 뜻대로 이리저리 휘둘릴 수밖에 없는 게 첩 신세라지만, 그래도 어찌나 딱하던지. 본가 마님과는 기질적으로 아주 정반대였거든요. 그래서 그때는 오히려 마님이 저주를 써서 첩을 죽인 거 아니냐고 다들 수군댔다니까? 물론 그 마님의 기질상 당신 아들의 잘못을 인정하고 싶지 않을 것 같긴 합니다. 남작님을 보십쇼. 똑같은 난봉꾼이라도 남작님은 아주 팔팔하시잖아. 물론 남작님을 보통 사람처럼 취급할 일은 아니긴 합니다만. 무엇보다 그분은 저주란 게 아예 안 들어먹는 분 같기도 하고. 허나 유키히코 도련님은 아니었습니다. 어쩌면 어디서 여자한테 못된 짓을 했다가, 한을 품은 여자한테 저주를 받아서 죽은 건지도 모르죠."

"그런데 아저씨는 치히로 씨가 저주를 받아서 지금 빈사 상태인 것도 아세요?"

"당연하지요. 우리 사용인들 중엔 모르는 이가 없습니다. 우린 마님이야말로 치히로 도련님께 저주를 내린 장본인이라고 생각하고 있는걸요."

"호오. 혹시 한밤중에 부인께서 저걸 쓰고 정원 소나무에 그걸 쇠망치로 박고 있는 모습을 목격했다던가?"

"그건 아니고. 생령 이야기입니다. 우리 고향에서는 '딴죽'이라고 부르는데, 딱히 무얼 하지 않아도 원망하는 마음이 저절로 생령이 되어 그 원망의 대상을 쫓아가 죽여버리는 경우가 있습니다. 원한이란 게 그렇게 무섭다니까요."

치히로가 지내는 별채는 하얀 벽에 시옷(ㅅ) 자 모양의 지붕을 얹은,

몹시 소박하고 아담한 집이었다. 요미사카는 건물의 아름다운 외관에 홀린 듯이 다가가 문 앞에 섰다. 그리고 문을 열려다 저도 모르게 손을 물렸다. 손을 대지도 않았는데 격자문이 불쑥 열렸기 때문이다.

문간 너머에 나타난 것은 어깨끈으로 소매를 걷고 군청색 가스리 무늬 옷에 앞치마를 두른 젊은 하녀였다. 걸음은 멀쩡했지만 정신을 반쯤 놓고 있었는지 정면으로 부딪칠 뻔했다. 요미사카는 소스라치게 놀라며 간신히 옆으로 피했지만, 하녀가 안고 있던 통 안의 물이 출렁거리며 쏟아져 셔츠의 한쪽 소매가 흠뻑 젖어버렸다. 하녀는 그제야 정신이 번쩍 든 모양이었다.

"앗, 죄송합니다."

하녀는 허둥대면서도 재빨리 통을 내려놓고 띠 안쪽에서 수건을 꺼내 요미사카의 젖은 소매를 닦아주었다. 셔츠를 적신 물을 어떻게든 닦아내려고 아등바등하는 그녀의 모습을 코앞에서 관찰하던 요미사카는 고개를 갸웃거렸다. 피로에 시달리는지 안색이 좋지 않다. 하지만 상당한 미인이다. 살짝 상기된 눈꼬리엔 눈물 자국이 남아 있다.

"괜찮습니다. 이 정도면 내버려둬도 저절로 마를 겁니다. 치히로 씨에게 용무가 있는데 잠시 들어가도 될까요?"

요미사카가 그렇게 묻자, 하녀는 왠지 흠칫 놀라며 뒤로 몸을 물렸다. 그리고 머리를 꾸벅 숙이더니 통을 집어들고 그대로 들어가버렸다.

별채 현관 앞에 남겨진 요미사카는 안쪽을 향해 크게 소리를 질렀다.

"실례합니다. 잠시 말씀 좀 나누고 싶은데 들어가도 될까요?"

대답은 돌아오지 않았다. 요미사카는 현관 마루에 무릎을 꿇고 신발을 가지런히 놓은 뒤, 마루바닥에 발을 들였다. 희미하게 소독약 냄새가 난다. 깨끗하게 청소된 복도는 몹시 조용했고 저택 곳곳에서 눈에 띄던 음기의 검은 구름도 이곳에서는 한 점도 보이지 않았다.

그러나. 침실로 보이는 방의 장지문을 연 순간, 그것은 봇물이 터진 것처럼 통로로 쏟아져 나왔다. 좀처럼 보기 드문 대량의 음기가 방류되었다. 요미사카는 저도 모르게 손바닥으로 입가를 가리며 물러났다.

시선을 들자, 아직 실내에 끈질기게 달라붙어 있는 검은 구름이 눈에 들어왔다. 터질 듯이 공간을 가득 채운 검은 안개가 방 전체에 어두운 그림자를 드리우고 있었다. 물론 그 광경은 요미사카에게만 보이는 다른 차원의 것으로, 현실의 방 풍경과는 전혀 달랐다. 현실의 방 안은 장지문을 통해 비치는 밝은 햇빛이 가득했다.

깔끔하게 정돈된 다다미방 중앙에 침대 하나가 놓여 있고, 그 위에 한 청년이 조용히 누워 있었다. 잠옷의 소매자락 안으로 엿보이는 그의 두 팔에는 새 것처럼 보이는 붕대가 감겨 있었다. 요미사카는 가만히 다가가 침대 위를 들여다보았다. 환자는 잠든 것처럼 보였다. 딱히 할 일이 없어진 요미사카는 다시 실내를 둘러보았다. 예의 검은 덩어리가 방 곳곳에 달라붙어 있는 것 말고는 딱히 특이한 점은 없다. 책장과 책상. 학생 방다운 소박한 방이다. 요미사카는 책장 앞에 서서 꽂혀 있는 책들의 책등을 쓱 훑어보았다. 그중 몇 권은 꺼내서 페이지를 넘겨본 뒤 제자리에 도로 꽂아두었다.

책상 위는 말끔하게 치워져 있었다. 정말 아무것도 없다. 부자연스러울 정도로 깨끗한 사각의 공백. 그러나 그곳에는 눈에 보이지 않는 불온한 기운이 확실히 존재했다.

쓸데없는 소지품이나 장식품 따윈 일절 없는 텅 빈, 그러나 묘하게 위험한 분위기가 감도는 방이었다. 그럼에도 그곳에 있어야 할 요마의 기운은커녕 주술의 흔적조차 보이지 않았다.

"…타에, 니?"

문득 들린 소리에 요미사카는 돌아보았다. 청년이 깨어 있었다. 천장을 보고 있는 옆얼굴은 병색이 짙었지만 단정한 모습이었다. 모친을 닮았는지, 카가와 남작의 그 거만하고 강압적인 용모는 조금도 닮지 않았다.

뜻밖의 방문자를 발견한 그는 다소 놀란 기색을 보였다.

"…이런, 손님이었나. 흥, 어려 보이는 걸 보니 설마 싶긴 한데, 혹시 새로 온 의사인가? 아니면 사신?"

깨어나자마자 졸지에 초면의 인간과 맞닥뜨린 셈이다. 농담을 던지는 청년의 얼굴에는 경계하는 빛이 역력했다.

"그것이, 실은 둘 다 아닙니다."

요미사카가 정직하게 대답하자, 치히로는 오싹할 만큼 차가운 미소를 보였다.

"그럼 나가. 당신이 여기서 할 수 있는 일은 아무것도 없으니까."

"글쎄요, 그건 이야기를 들어보지 않고는 알 수 없는 거고요. 멋대로 들어와서 이런 말씀까지 드리려니 염치없긴 하지만 몇 가지만 여쭤봐도 되겠습니까?"

요미사카는 그렇게 물어보면서 대답이 돌아오기도 전에 침대 머리맡에 가서 앉았다.

"카가와 치히로 씨. 당신은 죽음이 두렵지 않나요?"

"그런 걸 왜 묻지?"

"아니, 저주를 받아서 죽어가는 사람치고는 꽤 차분해 보여서요."

"뭐야, 그런 거였나. 듣고 보니 그럴 수도 있겠군. 난 원래… 이렇게 되기 전부터 살아 있는 게 달갑지 않았어."

"젊고 잘생기고, 심지어 돈도 그렇게 많은데요?"

"하나하나 열거하면 꽤 복 받은 조건이긴 하지. 카가와 가문의 간판을 가진 허울 좋은 장식품치고는."

치히로는 입꼬리만 올리며 웃었다.

"…난 아버지의 꼭두각시 인형으로 사는 삶이 지긋지긋해. 앞으로 날 기다리고 있는 건 혐오스러운 인간을 위해 공헌하는 것만이 목적인 인생인데, 그딴 건 사양하고 싶거든. 그래서 난 이 세상에 어떤 미련도 없어. 그리고 쓸데없는 원한이나 증오를 말끔히 해소하려면 깨끗하게 죽어버리는 게 제일이잖아. 안 그래?"

"글쎄요, 전 잘 모르겠네요. 그런데 아까 밖에서 아주 미인인 하녀분을 뵀는데, 그분이 타에 씨인가 보군요. 혹시 당신과 특별한 관계입니까? 그렇다면 죽긴 아쉽지 않나요? 아무리 생각해봐도."

"당신, 생긴 것과는 다르게 속물적인 사람이군. 날 아버지 같은 인간과 똑같이 보지 말아줘. 제도가 방종을 허락한 사람이 있다 하여 모두가 저급하게 사는 건 아니니까. 나는 저택의 사용인들에게 함부로 굴지 않아. 타에는 내 간병과 시중을 도맡아 해주는 아주 착한 여자야. 지난 두 달간 정말 헌신적으로 날 보살펴주었지. 환자로서 어떠한 감사의 말도 부족할 만큼."

"하아, 그런 거였군요. 안색이 상당히 좋지 않던데, 고된 간병에 시달리느라 지쳐서 그런 거였나. 그럼 다른 하녀와 교대해서 며칠 쉬게 해드리면 어떨지."

"곧 쉴 수 있을 거야. 어차피 내 목숨이 며칠 남지 않았으니까."

"그런가. 하긴 4월 10일… 이었죠."

혼잣말처럼 중얼거리는 요미사카를, 치히로는 빤히 쳐다보았다.

"아, 시간 내주셔서 감사합니다. 전 이만 가보겠습니다. 모쪼록 몸조리 잘하시고요."

요미사카는 벌떡 일어나 장지문에 손을 올렸다. 그러나 문지방을 넘으려다 문득 걸음을 멈췄다.

"아차, 건네드릴 중요한 것이 있었는데 깜박했네요."

요미사카는 다시 침대가로 돌아가 바지 주머니 안에서 반으로 접힌 종이 다발을 꺼냈다. 그 모습을 미심쩍은 눈빛으로 지켜보는 치히로에게, 그중 한 장을 뽑아 내밀었다.

"이건 부적입니다. 타에 씨에게, 현관 앞에 붙여 놓으라고 하세요. 최대한 눈에 띄게요."

가늘고 기다란 종이에 기묘한 서체로 적힌 글은 '죽이지 마'였다.

본관으로 돌아오는 길에 요미사카는 동백나무 오솔길에서, 반대 방향에서 걸어오는 타에와 마주쳤다. 천으로 덮은 쟁반을 들고 있던 타에는 요미사카를 알아보고 허둥지둥 머리를 숙였다.

"안녕하세요. 또 뵙게 되어 다행이네요. 실은 당신에게 물어보고 싶은 게 있어서요. 혹시 4월 10일이 무슨 날인지 아십니까?"

"아뇨, 잘⋯."

"아, 모르시나요?"

하지만 요미사카는 타에의 낯빛이 부쩍 창백해지는 것을 놓치지 않았다.

"⋯하지만 타에 씨, 그 저주인형을 만든 사람은 알고 계신 것 같군요."

와장창 소리를 내며 쟁반이 땅에 떨어졌다. 질주전자와 찻잔의 깨진 조각이 흙투성이가 되어 흩어지고 달인 약탕의 냄새가 풀풀 솟아올랐다.

"죄, 죄송합니다, 손이 미끄러져서⋯."

타에는 무너지듯 주저앉아 깨진 파편을 줍기 시작했다. 놀랍게도 손을 바들바들 떨고 있었다. 요미사카는 무릎을 굽혀 타에를 도우며 말했다.

"그렇게 무서워하지 마세요. 현행법상 저주는 범법 행위에 해당되지 않으니 관리를 겁낼 필요가 없거든요. 다만 그분께 이 말씀만 전해달라 부탁드리고 싶습니다."

요미사카는 말 한마디 없이 계속 손만 움직이는 타에에게 주워 모은 파편들을 담은 쟁반을 돌려주며 목소리를 낮춰 말했다.

"4월 10일은 절대로, 절대로 방에서 나오시면 안 됩니다. 그동안의 일들을 물거품으로 만들고 싶지 않다면 속은 셈 치고 하루만 꾹 참으세요. 만약 일이 잘못된다면 다시는 당신을 방해하지 않겠습니다, 라고요."

그렇게만 말하고 요미사카는 빙그레 웃으며 일어섰다. 타에는 쟁반을 안고 웅크린 채 꼼짝도 하지 않았다. 하는 수 없이 요미사카는 그 등에 작별 인사를 남겼다.

밤이 되어도 카가와는 돌아오지 않았다. 그때까지 요미사카는 응접실에서 하릴없이 기다리다, 하타야마가 미안해하며 수배해준 자동차로 귀가하게 되었다.

"남작님은 낮에 외출하셔서 여태 소식이 없으신가요?"

"그렇습니다. 아마도 밤늦게 돌아오시지 않을까 싶습니다."

하타야마는 면목이 없는 듯 어깨를 으쓱했다.

"큰일이네, 남작님께 꼭 드릴 말씀이 있는데."

"괜찮으시다면 제가 책임지고 전달해드리지요."

"그러시겠어요? 그럼 부탁드리죠."

요미사카는 가져온 점술 도구를 재빨리 보자기로 싸면서 말했다.

"아까 점괘를 내봤는데, 남작님의 명운에 뚜렷한 단절의 조짐이 보였습니다. 이 결과로 짐작컨대 저주 인형에 담긴 원념은 아드님의 목숨에만 위해를 미치는 게 아닌 것 같습니다."

"그럼 설마… 남작님도 저주의 대상이라는 말씀입니까?"

"맞습니다. 저주 인형에 적힌 二男은 차남이란 뜻이 아니라 카가와 가문의 남자 두 명을 뜻하는 것으로 보입니다. 이건 무섭도록 강력한 저주예요. 아마 남작님의 신상에도 곧 재앙이 닥칠 겁니다."

"어, 어떻게 하면 좋습니까?"

하타야마는 어쩔 줄을 몰라 했다.

"도움이 되어드리고 싶은 마음은 굴뚝같지만… 안타깝게도 악령의 힘이 너무 강해서 지금 당장은 저도 마땅한 방법이 없네요. 이것을 대비할 준비를 하는 동안, 남작님께 이 부적을 반드시 몸에 지니시도록 당부해주시겠어요? 효과는 일시적이지만 몸을 지키는데 도움이 될 겁니다."

요미사카는 셔츠의 가슴 주머니에서 한 장의 부적을 꺼내 하타야마의 손에 쥐어주었다.

2

4월 10일 밤이었다. 카가와는 궐련 연기와 위스키 냄새가 가득한 홀을 뒤로하고 밖으로 나왔다. 그리고 귀족회관 정면의 회차공간에 나타난 자가용차에 평소처럼 올라탔다. 달리기 시작한 차창 밖으로 가로등 불빛이 흘러간다.

카가와는 외투 주머니를 뒤져 지갑을 찾았다. 지폐가 가득 들어 두툼하게 부푼 지갑이었다. 그 안에 삐죽 보이는 부적을 잠시 쳐다보다 이내 흥 하고 콧방귀를 뀌었다. 오늘 밤은 평소보다 훨씬 운이 좋았다. 돈을 건 카루타에서 대승을 거뒀기 때문이다. 악령이나 주술 부류를 아예 믿지 않는 타입은 아니었지만 자신의 강한 운수가 고작 저주 따위에 밀릴 리 없다고 생각했다. 물론 아들이 죽어버리면 아주 골치 아픈 일이 되겠지만 그때는 그때다. 하늘에 운을 맡기고 새 아들을 만드는데 힘쓰면 될 일이다. 행운의 별은 제 편이 되어줄 테니. 그러려면 우선

"하루 빨리 합당한 집안의 여자를 물색해야…."

그런 생각을 하고 있는데 문득 코를 스치는 묘한 냄새에 카가와는 얼굴을 찌푸렸다. 차 안에 흐릿한 안개가 끼어 있었다. 아주 사소한 이변이었다. 그러나 그 사실을 깨달은 순간 이상하게 기분이 나빠졌다. 불쾌한 식은땀이 관자놀이를 따라 흘렀다.

"어이" 하고 카가와는 운전사를 불렀다. 대답이 없다. 카가와는 주인의 말을 무시하는 사용인에게 버럭 역정을 냈다.

"내 말 안 들리나?!"

몸을 앞으로 뻗은 순간, 카가와는 흠칫 놀라 굳어버렸다. 조수석에서 잠들어버린 운전사의 모습이 눈에 들어왔기 때문이다. 카가와는 운전석 쪽을 차마 직시하지 못하고 원래의 자리로 돌아와 앉았다. 그리고 지갑을 더듬더듬 뒤져 뽑아낸 부적을 주머니 안에서 부서져라 움켜쥐었다.

괴이는 그런 카가와를 문자 그대로 조소했다. 날카로운 웃음소리가 차 안의 공기를 흔들었다. 놀랍게도 여러 인간의 음성이 섞인 채로. 소리는 스멀스멀 기어오듯 점차 가까워졌다. 누가 만지는 것도 아닌데 몸에 점점 강한 압박이 느껴진다.

돌연 찢어지는 타이어 소리와 함께 자동차가 급정거했다. 어느새 창밖은 깜깜했다. 공포에 질려 바들바들 떨기 시작한 카가와의 시야 구석에서 운전석에 앉은 것이 스르르 고개를 돌렸다. 카가와는 거기서 한없

이 깊은 어둠을 보았다.

귀신이다. 그것을 깨달은 순간, 목에 무서운 힘이 가해졌다. 인간의 것이 아닌 손에 목을 졸리면서 카가와는 소리 없는 비명을 질렀다. 귀신의 손톱이 목에 파고들어 살갗을 찢는다—라고 생각한 것이 마지막이었다. 카가와는 오줌을 지리며 극도의 공포와 함께 어둠 속으로 삼켜졌다.

4월 11일. 이른 아침.

카가와는 농로 한가운데서, 일하러 나온 농부에게 발견되었다. 그는 곧 정신을 차렸지만 까맣게 질린 얼굴로 이를 달달 떨어대기만 했고, 겨우 사람다운 말을 할 수 있게 된 것은 족히 한나절은 지나서였다. 요미사카가 다시 카가와 저택으로 불려간 것은 그날 저녁이었다.

카가와는 호화로운 침대 안에서 요미사카를 맞이했다. 평소의 원기 왕성한 모습을 완전히 잃어버린 그는 침실에 들어온 요미사카를 보자 안도한 기색을 보이며 초췌한 얼굴로 활짝 웃었다.

그답지 않은 일이었다.

"하마터면 귀신에게 죽을 뻔했네."

"그런 것 같군요."

"그래도 부적 덕분에 목숨을 건졌어. 같은 부적 덕분에 아들도 죽음은 면했다고 들었네. 이번 일로 자네가 용한 주술사란 것을 확실히 알았네. 이제 하루라도 빨리 이 사태를 해결해줬으면 해. 카가와 가문에 씌인 악령을 퇴치해주게."

"그것이, 하려면 못 할 일은 아닙니다만 여러 면에서 생각보다 비용이 커질 듯한데, 괜찮으신지요?"

"얼만데?"

"정확히 천 엔입니다."

살 1백 섬에 해당하는 금액에 카가와는 눈을 희번덕거렸다.

"너무 비싸."

"그런가요? 협박은 아닙니다만 아마 이 다음은 없을 겁니다. 천 엔으로 목숨을 살 수 있다면 아주 싼 값이라고 생각하는데요."

불만을 표시하는 카가와에게 요미사카는 툭 내뱉듯이 말했다. 친절함이라곤 찾아볼 수 없는 요미사카의 태도가 오히려 카가와의 불안감에 불을 지폈다. 부아가 치밀었지만 아무리 생각해도 다른 선택지가 없었기 때문이다. 속으로 굴욕감을 씹으며 카가와는 신음했다.

"…알았네. 지금 수표를 끊어주지."

"알겠습니다. 현금을 받는 즉시 방책을 마련하겠습니다. 그러면 곧 재앙은 사라지고 아드님의 병환도 빠르게 차도를 보일 겁니다. 허나 아드님과 그 시중을 드는 분께는 아직 악령의 사기가 남아 있습니다. 그 사기가 다 빠지려면 최소 10년. '비껴나기'의 작법에 따라 두 분을 각각 다른 곳에 멀리 떨어져 있게 하십시오. 그동안 두 분의 교류는 금기인 것을 명심하시고요."

카가와는 할 말이 남은 것 같았지만 이윽고 눈을 감더니 한숨을 쉬며 요미사카의 요구를 받아들였다. 정신력도 기력도 완전히 쇠해버린 몸으로 물었다.

"그래서? 결국 카가와 가문의 남자를 저주한 건 누구지?"

"그건… 남작님 자신이 가장 잘 아시지 않을까요? 세간에 드물지 않은… 이름 없는 누군가의 원한을 사서 재액을 당하는 경우는 높은 지위에 있는 분들께 꽤 흔한 일이니까요. 역시 사람은 겸허하고 정결한 정신으로 살아가는 것이 무엇보다 중요하다고 생각합니다."

5월의 밝은 햇빛 속에 카가와 치히로는 말쑥한 양복 차림으로 나타났다.

역 앞 정류소에 막 도착한 버스에서 내린 그는 생기 넘치는 모습으로, 병색은 전혀 찾아볼 수 없었다. 차량 집결장 울타리 앞에서 그를 기다리고 있던 요미사카는 길을 가로질러 오는 치히로에게 가볍게 목례했다.

"오랜만입니다. 최근 복학하셨다고요. 학교는 어떠세요?"

"참 따분한 인사로군. 마치 보호자 같잖아."

치히로는 쓴웃음을 지으며 안고 있던 짐을 추슬렀다. 두 사람은 역사를 향해 걷기 시작했다. 길을 따라 줄지어 있는 작은 상점들에 이따금 눈길을 주던 치히로가 문득 입을 열었다.

"당신은 확실히 보통 사람이 아니야. 어떻게 알았지? 내가 복독과 해독을 반복하며 저주에 걸린 시늉을 하고 있었다는 걸."

"책장이 힌트 중 하나였습니다. 치히로 씨, 학교 전공이 의과였지요?"

"조심하느라 독약이나 약초 관련 서적은 모조리 다 태워버렸는데."

"아예 책장째로 처분하셨어야 했습니다. 그 책들로는 이학적 지식이 있는 사람이란 걸 한눈에 알 수 있었거든요. 하지만 결정적인 증거는 그게 아니었습니다. 당신 방에 가득했던 악의가 단서였습니다."

"악의?"

"시커먼 욕망. 그게 아니라면 살의… 일까요? 어쨌든 인생이 부질없다며 조용히 죽어가는 사람의 방은 아니었습니다."

"살의. 하긴 그때의 나는 오직 아버지에게 복수할 일념으로 살았으니까."

"계획 자체는 나쁘지 않았습니다. 불길한 인형을 이용해서 카가와 가문의 남자에게 저주가 내렸다는 인상을 박아두면 어느 날 카가와 씨가 급사해도 다들 그렇게 됐나보다 하겠지요. 그 다음에 일을 꾸민 장본인인 당신이 자살해버리면 사건은 자연히 미궁에 빠집니다. 어쨌거나 범인이 세상에 없으면 이도 저도 방법이 없으니까요. 그리고 누군가의 저주가 성공해서 카가와 가문의 남자 두 명이 주살당했다는 사실만 남는 거지요.

그날—4월 10일 밤입니다. 당신을 몰래 별채를 빠져나와 회합을 마치고 귀가하는 카가와 씨를 덮쳐 죽일 생각이었지요. 그리고 그 후에는 예정대로 저주를 받아 죽는—자살할 작정이셨죠?"

"그래… 그 일을 해내기 위해 체력을 회복하고 있는 중에 당신이 왔지."

"어쩐지. 처음 뵈었을 때, 들은 것보다 건강해 보인다고 생각했습니다. 하지만 참 훌륭한 계략이었어요. 의사가 당신의 연극을 간파하지 못한 것도 무리는 아닙니다. 저주받은 척하려고 스스로 독을 먹는 사람이 있을 거라고 누가 생각하겠어요?

그래도 자신의 몸으로 독약을 실험하다니, 너무 위험한 짓이었어요. 정말 대담하시다니까요. 조용히 틀어박혀 술로 답답함을 풀던 사람과 같은 인물이라고는 도저히."

"어쨌든 당신 때문에 나는 그 인간을 죽이는데 실패했어. 당신이 뭔가 꾀를 내서 나름의 응징을 해준 것 같긴 하지만. 대체 무슨 수를 쓴 거지? 그 위력의 화신 같은 인간을 그토록 벌벌 떨게 만들다니, 보통 수를 쓴 게 아닐 것 같은데."

치히로가 연신 감탄하며 그렇게 떠보자, 요미사카가 발치의 자갈을

툭 걷어찼다.

"어떤 분야든 그 길의 전문가가 있는 법이죠. 하지만 이번 일에서는 그쪽에 상당한 액수를 뜯기는 바람에 별 재미를 못 봤습니다."

"과연. 외주를 줬다, 이 말이지. 그런데 주술사는 참 발이 넓은가 봐. 세상에 그런 기묘한 업도 있나."

"네. 수요가 있다면 뭐든."

"덕분에 내가 꾸민 완전범죄가 보기 좋게 실패해버렸어."

"완전범죄라고요?"

요미사카가 어이없다는 듯 웃었다.

"그게 어떻게 완전범죄죠? 당신이 죽어도 타에 씨가 남잖아요. 범죄에 엮인 인간이 안고 가야 하는 비밀의 무게는 절대 완벽하게 사라지지 않습니다."

요미사카의 말에, 치히로는 눈살을 찌푸렸다.

"오해 말라고 말해두는데, 타에는 내 계획에 일절 관여하지 않았어."

"네, 그분은 아무것도 거들지 않았죠. 당신이 허락하지 않으니까. 당연합니다. 그 일에 엮이면 그분도 쓸데없이 짐을 짊어지게 되니까요. 4월 10일 밤도, 당신은 타에 씨를 범행 현장에서 멀리 떨어뜨려 놓을 계획이었지요? 하지만 그분은 이미 다 알고 있었습니다. 당신이 하려는 일을. 그런데 왜 그랬습니까? 카가와 씨를 죽이는데 협조를 구할 생각도 없었으면서. 당신처럼 치밀한 사람이라면 시중드는 하녀 모르게 감쪽같이 추진할 수 있었을 텐데요."

"무슨 실수라도 했던 건가."

"시치미 떼실 것 없습니다. 당신이 범죄를 결심하게 된 동기가 바로 타에 씨였죠? 미녀를 위해 목숨을 버릴 생각을 하다니, 너무나 로맨틱한 걸요? 소위 말하는 젊음의 패기, 그런 겁니까?"

요미사카가 정색을 하며 묻자, 치히로의 얼굴이 빨개졌다.

"당신, 대체 몇 살이야? 손윗사람을 그렇게 놀려도 되는 거야?"

"놀리는 게 아닙니다. 그저 궁금할 따름이죠. 그녀의 무엇이 당신에게 살인을 결심하도록 만들었는지."

"새삼스럽긴. 이제 와서 그런 게 뭐가 중요하지? '당신 덕분에 저주는 봉인되었고 나는 목숨을 건졌다'. 정말 말 그대로 목숨을 되찾은 기분이야. 당신 덕분에 난 이제 아버지의 영향력 아래서 벗어나 드디어 숨을 쉴 수 있게 됐어. 진심으로 고마워. 당신은 대단한 주술사야."

치히로의 찬사에, 요미사카는 유감인 듯 입을 삐죽거렸다.

"그렇게 부르지 마세요. 제게는 철물점이라는 어엿한 본업이 있으니까."

역 구내는 매캐한 연기와 크레오소트유(주1) 냄새가 가득했다. 미즈노타에는 대합실의 긴 의자에 무기력하게 걸터앉아 큰 한숨을 쉬었다. 벽시계를 보니 오전 10시 직전을 가리키고 있었다. 곧 왕도(王都)행 기차가 온다.

지금 타에는 12살 때부터 일했던 카가와 저택을 떠나는 중이었다. 그러나 이제 고향에 집도 없는 타에는 마땅히 갈 곳이 없었다. 먼저 카가와 저택을 나가게 된 치히로가 예전처럼 일하면 어떻겠냐고 권했지만 타에는 거절했다. 일단 왕도에 가서 일자리를 찾아볼 작정이었다.

빚을 말소해준 데다 본인이 가진 물건의 대부분—그중엔 돌아가신 어머니의 유품도 있었다—을 팔아 돈을 마련해준 치히로의 후의에 더는 응석을 부리고 싶지 않았다. 이 기회에 좋은 일이든 나쁜 일이든 과거의 일은 모두 버리고 싶었다. 오늘을 마지막으로 더 이상 뒤를 돌아보지 않기로 결심했기 때문이다.

주1) 크레오소트유: 콜타르를 증류하여 얻는 230~270℃의 기름. 목재의 방부제나 연료 따위로 쓴다.

타에는 메이센(주2)의 무릎에 핀 치자꽃을 물끄러미 내려다보았다. 순간 6년 동안 저택에서 일했던 나날이 전부 환영처럼 느껴졌다.

과거란 참 꿈과 비슷하다고 생각하며 타에는 눈을 감았다.

저택의 하녀 생활은 타에에게 고행 그 자체였다. 그러나 새벽같이 일어나 늦은 밤 겨우 잠자리에 드는 것도, 그 사이에 고된 노동에 시달리는 것도 그럭저럭 견딜 만했다. 고향에 있던 시절부터 가난해서 죽도록 일해야만 하는 생활을 했기에 쉴 새 없이 몸을 움직이는 것은 거의 습관이 되어 있었다. 견딜 수 없었던 것은 오히려 주인인 카가와였다.

그는 야만적인 인간이었다. 명사의 복장을 잘 차려입은 비열한 자. 그는 타에가 16살을 지났을 무렵부터 끈질기게 치근대기 시작했다. 뻔뻔한 욕망을 숨길 생각조차 없는 주인은 타에에게 위협 그 자체였다. 그러나 일을 그만둘 수는 없었다. 고향에 계신 부모님이 10년치 급료를 선금으로 받아갔기 때문이다. 참다못해 선배 하녀에게 고민을 털어놨지만 건성으로 위로해줄 뿐이었다.

"예쁜 얼굴은 재산이라고 하지만, 우리 같은 가난뱅이한테는 재앙이나 다름없지. 몹쓸 주인님은 본인이 요령껏 처신하며 조심하는 수밖에 없어. 급료를 주는 주인님께 맞설 수 있는 사용인은 어디에도 없으니까."

그후 타에는 주인의 거동에 끊임없이 신경을 곤두세우며 움찔대는 신세가 되었다. 그러나 주인을 피하는 것은 거의 불가능했기에 한시도 마음을 놓을 겨를이 없었다. 그러나 그런 노력도 18살의 겨울에 물거품이 되었다. 그녀가 앓아누운 틈을 노려 덮친 것이다. 완력으로 밀어붙이는 상대를 막아내는 것은 역부족이었다. 속수무책으로 당했고, 그렇게 시간은 흘러갔다.

그날, 치히로의 방에 식사를 가져간 타에는 웬일로 치히로가 맑은 정

주2) 메이센: 꼬지 않은 실로 거칠게 짠 비단으로 옷감·이불감 등으로 사용한다.

신으로 있는 것을 보았다. 그는 테이블 위에 식사를 차리는 타에를 조용히 지켜보고 있었다. 타에는 치히로의 시선이 의식되어 몸이 떨리는 것을 필사적으로 참았다. 치히로의 시선이 두려웠다. 그날 이후로 남자의 눈을 두려워하게 되었기 때문이다.

"타에, 후지에게 들었는데 보름 정도 휴가를 냈다면서?"

"네. 시골에 계신 어머니가 편찮으셔서요."

"그렇구나. 난 또 네가 어디 아픈 데가 있나 싶어서 걱정했어."

"그런….”

"너, 요즘 안색도 창백하고, 가끔 뒤뜰에서 토하기도 했지?"

그 말을 들은 순간 뺨이 불에 덴 듯 뜨거워지고 머릿속이 하얘졌다. 타에가 기겁하는 모습에, 오히려 치히로의 안색이 바뀌었다.

"설마, 너…."

말하려던 치히로의 입가가 굳어버린 것은 타에가 필사적으로 숨겨온 진실을 알아챘기 때문일 것이다. 타에는 너무 수치스러워 숨이 막힐 지경이었다.

한데 기묘한 일이었다. 비밀이 탄로난 순간, 내내 속에서 차갑게 얼어붙어 있던 응어리가 확 풀리며 따스하게 녹아내리는 듯한 기분이 들었다. 이 사람이라면 나를 이해해주지 않을까. 그런 근거 없는 기대감에 사로잡힌 것은 스스로도 예상치 못 한 일이었다.

정신이 들었을 때는 울면서 원수의 이름을 털어놓고 있었다. 본래라면 절대 입에 담을 리 없는 주인의 이름을.

아버지가 저지른 죄를 알게 된 치히로는 한참 동안 넋을 잃은 채 꼼짝도 하지 않았다. 그러나 이윽고 이를 갈듯이 힘겹게 말을 쥐어짰냈다. 소름 끼치도록 어두운 목소리였다.

"그 자식에게… 당한… 건가."

타에는 눈물을 뚝뚝 흘리며 고개를 끄덕였다.

"그래서 휴가가 필요했구나. 어머니가 편찮으시단 말은 거짓말이었어. 주인 때문에 몸을 망친 여자들 이야기는 너무 많이 들었어. 대개는 아이를 업고 길거리를 헤매든가, 아니면 사람들의 차가운 시선 속에서 평생 고된 일에 시달리며 살든가. 어느 쪽이든 주인에게 상처를 입은 여자들의 말로는 비참하지. 그런데 넌 혼자서—."

"치히로 님과는 상관없는 일이에요."

타에가 쟁반을 안고 재빨리 물러나려 하자, 치히로가 그 팔을 잡았다.

"아니, 상관없지 않아. 내 어머니 역시 아버지에게 학대당한 사용인이었으니까. 실은 나도 네 뱃속의 아이와 똑같은 입장이야. 언젠가 어머니의 유모가 말해줬어. 어머니는 무사 가문 출신이었는데, 집안이 기울자 아버지에게 푼돈에 팔려와 첩이 되었대. 예쁜 얼굴 덕분에 땡 잡은 거라고 주위에서는 부러워했다지만… 어머니가 행복했다고 말하는 사람은 아무도 없었어."

타에는 불안해져서 치히로를 올려다봤다.

"그 인간은, 어머니를 감정의 배설구로 쓰려고 데려온 거야. 만만하지 않은 본처 대신 함부로 다룰 수 있는 물건—어머니는 그 자식의 인형이었어. 사람을 돈으로 산다는 건 그런 거야. 철이 들 무렵부터 난 그자를 진심으로 증오했어. 이참에 그 자식을 죽이고 나도 이 세상에서 사라져야겠어. 안 그래도 그자가 원하는 대로 살아갈 바엔 죽는 게 낫겠다고 생각하던 중이었으니까."

"안 돼요, 목숨을 함부로 버리시면. 아이는 제가 어떻게든 책임질 거예요. 그러니까…."

"글쎄? 어차피 아깝지 않은 목숨인데 이번에 효과적으로 쓸 수 있으면 좋잖아. 네게 이 집 재산을 모두 물려줄게. 물론 돈으로 해결될 일은 아니지만, 돈 때문에 곤란한 일은 앞으로 없게 될 테니까. 넌 그냥 모든 게 끝난 뒤에 증언만 하면 돼. 뱃속의 아이는 내 아이라고 해. 유서를 남겨둘게. 비록 여자애가 태어나도 충분한 돈을 받을 수 있게 해둘게."

타에는 치히로가 말하는 무서운 계획에 혼비백산하며 고개를 흔들었다.

"받을 수 없어요, 그런 돈."

"착각하지 마. 널 위해 주는 게 아니니까. 이건 나와 그 인간 사이의 문제야. 그 참에 네게 사죄를 대신할 돈을 주겠다는 것뿐이고. 걱정 마. 넌 아무 죄도, 잘못도 없어. 그러니까 그냥 가만히 지켜보기만 해."

그때. 결심을 굳힌 듯한 치히로의 눈동자를, 타에는 홀린 듯이 쳐다보았다. 강하고, 의롭고, 무척 아름다운 눈이라고 생각했다. 그래서 조금도 무섭지 않았다.

—나의, 이 아이는….

타에는 제 배 위에 가만히 손을 올렸다.

—너무나 끔찍한 사람의 아이. 하지만. 너무나 아름다운 사람의 동생이기도 해.

타에는 천천히 눈을 떴다. 순간 꿈에서 깨어난 것처럼 과거는 사라지고, 현실의 풍경이 눈앞에 돌아왔다.

공기를 가르고 경적이 울려 퍼졌다. 기차가 굉음을 내며 플랫폼에 미끄러져 들어왔다.

"타에 씨!"

플랫폼 끝에서 날아든 외침에, 타에는 용수철처럼 벌떡 일어났다. 작은 보퉁이를 든 주술사 소년이 손을 크게 흔들고 있었다. 그 뒤에 서 있는 것은 한 손에 큼직한 종이봉투를 든 치히로였다.

"두 분, 여기까지 배웅하러 나와주셔서…."

말을 잇지 못하는 타에에게, 치히로는 성큼성큼 다가와 종이봉투를 내밀었다. 받아드니 제법 묵직했다. 딱 눈높이에 와 있는 종이봉투의 입구에는 포장된 전병, 사과, 비스킷 상자, 소다 병 주둥이가 어수선하게 머리를 내밀고 있었다.

타에는 무심코 웃음을 터뜨렸다.

"어머, 뭘 이렇게 많이."

"네가 뭘 좋아하는지 몰라서."

치히로가 머쓱한 듯 눈을 피하자, 요미사카가 핀잔을 주었다.

"이게 뭡니까. 먼길 떠나는 사람에게 이렇게 부피가 큰 물건을 주다니. 치히로 씨는 센스가 너무 없어요."

그렇게 말하면서 요미사카는 손에 든 보퉁이를 타에에게 내밀었다. 보기엔 작지만 받아드니 역시나 묵직하다.

"제가 드리는 작별 선물입니다. 최신식 도시락통. 놀랍게도 아침에 지은 밥이 오후가 되어도 따끈따끈하대요. 대단하죠? 안에 든 건 제가 새벽같이 일어나서 만들었습니다. 점심으로 드세요."

발차를 알리는 벨이 울렸다. 기차에 올라탄 타에가 활짝 열린 창 너머에서 연신 머리를 숙였다.

벨이 멈춘다. 차창이 천천히 옆으로 미끄러지기 시작한다. 마치 그 움직임에 이끌린 것처럼, 조용히 침묵을 지키고 있던 치히로가 빠르게 기차의 창가로 다가갔다. 그리고 허겁지겁 입을 열었다.

"타에, 내가 이런 말을 하는 게 이상할지도 모르지만, 아이는 네가 원하는 대로 하는 게 가장 좋다고 생각해. 네가 어떤 선택을 하든 널 비난할 사람은 없어. 그리고 만약 그곳에서 곤란한 일이 생기면… 주저없이 날 찾아와."

점점 움직이는 기차의 창틀을 한 손으로 잡고 달리는 속도를 높이는 치히로에게, 타에는 울상을 지으며 웃어 보였다.

"알아요. 걱정 마세요. 전 이래 봬도 아주 강한 여자라고요. 그보다 치히로 님. 부디 몸조심하세요. 두 번 다시 죽는다는 말씀은─."

"안 할게."

치히로의 대답에 타에는 배시시 웃었다.

그 순간 치히로의 발밑에서 플랫폼이 끝났다.

속도를 더해가는 기차가 플랫폼 끝에 선 치히로의 머리카락과 의복을 거칠게 흔들었다. 객차의 행렬이 흘러가듯 멀어진다. 타에의 웃는 얼굴에 테두리를 둘렀던 차창도 곧 바람에 밀려간 것처럼 보이지 않게 되었다.

열차의 최후미에 연결된 데크의 그림자가 선로 저편으로 사라진 뒤에도 치히로는 한참을 우두커니 서 있었다. 그 옆에, 바지 주머니에 양손을 찔러 넣은 요미사카가 나란히 섰다.

"…혹시 그녀를 좋아했나요? 이성으로."

너무나 직설적인 물음에, 치히로는 쓴웃음을 지었다.

"글쎄. 나도 잘 모르겠군."

"흐음. 하지만 괜찮아요. 언젠가… 그렇지, 앞으로 2, 3년만 지나면 쓸데없이 심각했던 자신을 떠올리며 민망하게 될 테니까."

그 은근한 위로에 치히로는 저도 모르게 요미사카를 돌아봤다. 마치 요괴를 발견한 사람 같은 표정으로.

치히로는 물었다.

"요미사카 군. 당신은 정말… 이참에 솔직하게 말해줘. 진짜 나이는 몇 살이지?"

미 신

1

회색 리놀륨 바닥이 전등의 불빛을 흐릿하게 반사하고 있었다.

실내에는 늘 희미한 알코올 냄새와 잡다한 약품의 기운이 감돌고 있었다. 독특한 냄새는 벽에도, 천장에도 캐비닛에도 진득하게 배어, 그림자 같은 음울함이 주위를 뒤덮었다.

일정 간격으로 설치된 긴 철제 탁자 위를 푸르스름한 조명이 비추고 있다. 줄을 맞춰 놓은 은색의 직사각형. 그중 하나를 10여 명의 학생들이 반원 모양으로 둘러싸고 있다. 탁자 위에 올려진 것은 해변에 떠밀려온 거대 심해어를 연상케 하는 묵직한 살색 덩어리―인체를 정교하게 재현한 레플리카다.

의학교의 실습실이다. 학생들은 하나같이 경직된 표정이었다. 그 중심에 서서 강의하는 교관의 목소리만이 다른 소리는 일절 들리지 않는 교실 안에 명료하게 울리고 있었다.

"…상복부, 등, 그리고 어깨."

교사는 손에 든 마커로 인형의 배에서 등까지 이어지는 넓은 범위에 표시하며―눈앞의 학생에게 불쑥 질문을 던졌다.

"환자는 극도의 동통을 호소하고 있다. 구토. 심각한 발한. 안면 창백. 자, 어떻게 해야 하지?"

기습 질문을 당한 학생은 몹시 당황했는지 흔들리는 동공으로 인형을 쳐다봤다. 그러더니 영 자신 없는 투로 꾸역꾸역 답을 쥐어짰냈다.

"진통제를… 모르핀을 투여해서 우선 진정시킨 뒤… 통증의 원인을―."

그러나 답을 마치기도 전에 매서운 질책이 날아왔다.

"틀렸어! 왜 즉시 판단을 못 내리지? 이건 중증의 급성 췌장염 증상이다. 모르핀 따윌 쓰면 환자는 사망한다."

교관은 학생들을 쓱 훑어보더니 이번에는 다른 학생을 지적했다.

"그럼 너, 급성 췌장염의 첫 번째 처치는?"

"수액 투여로 혈압을 확보합니다."

"좋아."

교관은 고개를 작게 끄덕인 뒤, 평상시 냉정한 말투로 돌아와 말했다.

"다만, 단서가 주어진 뒤 내린 판단에는 평가를 줄 수 없다."

학생은 시무룩해졌지만 교사는 신랄했다.

"너희들은 무지하다. 그렇기에 무엇보다 지식을 쌓는데 전념해야 한다. 교과서 끝에서 끝까지 구석구석 훑어. 그리고 단 한 줄도, 한 글자도 남김없이 모조리 머리에 쑤셔 넣어야 한다. 전제로 필요한 지식이 없다면 논할 가치가 없다. 다음 수업까지 그동안 다룬 모든 케이스와 그 대응 방법을 머릿속에 넣어온다. 랜덤 질의를 통해 성적 평가에 반영할 예정이니 그렇게 알고. 낙제를 면하고 싶으면 죽어라 공부하도록 해. 그럼 오늘은 여기까지."

급격히 안색이 파리해지는 학생들은 안중에 없는 듯, 교관은 태연하게 그렇게 내뱉었다.

비정한 선고자. 학생들은 뚜벅뚜벅 발소리를 울리며 멀어지는 그의 뒷모습을 망연히 쳐다보았다.

그렇게 날벼락 같은 심판의 날이 그들의 코앞에 다가왔다. 창백해진 학생들의 머리 위에서 종말의 천사가 부는 나팔 소리가 암울하게 울려 퍼졌다. 수업 종료를 알리는 종 소리였다.

"쿠로사키 교관의 다음 강의가 다음 주 수요일이었지?"

이게 바로 우울이다, 라는 듯한 표정으로 요시우라가 물었다. 우르르 교실을 나가는 같은 반 학생들을 곁눈질로 힐끗대며 땅이 꺼질 듯한 한숨을 연거푸 토해냈다.

"수요일까지 교과서를 최대한 머리에 쑤셔 넣는 수밖에."

담백한 대답에, 요시우라는 울상을 지으며 치히로를 올려다보았다.

"그게 가능하면 뭐가 문제겠어. 아아, 이 교과서 두께 좀 봐! 이 깨알 같은 글자를 보라고! 야, 카가와. 교관은 정말 이걸 한 글자, 한 구절도 빠짐없이 암기했을까? 난 도저히 못 믿겠어."

"하지 않았을까? 쿠로사키 교관은 논리를 의인화한 것 같은 사람이잖아."

치히로의 대답에 요시우라는 비명을 질렀다.

"미스터 로직! 인간을 초월한 인간!"

요시우라가 투덜대랴 한탄하랴 바쁜 사이에 교실은 어느새 텅 비어버렸다. 다들 1초라도 아껴 공부에 매진할 작정인 것이다. 마지막으로 남겨진 치히로와 요시우라도 그제야 부랴부랴 교실을 나왔다.

그런데 일찌감치 나갔던 쿠로사키가 아직 그곳에 있었다.

복도 끝에서 하오리를 걸친 부인에게 잡혀 있다. 부인은 쿠로사키에게 끈질기게 뭔가를 간청하는 중이었다. 그러나 쿠로사키는 혐오감이 고스란히 드러나는 태도로 그녀를 대했다.

부인은 고급스러운 기모노를 입고 있었다. 색과 무늬는 소박했지만 멀리서 봐도 질이 좋은 태가 났다. 옷차림은 훌륭하지만 어딘가 심상치 않은 모습의 중년 부인.

요시우라와 나란히 출구로 향하던 치히로의 귀에, 본의 아니게 그들이 실랑이하는 소리가 들려왔다.

"부탁입니다. 퇴원하게 해주세요."

그 말에 대꾸하는 쿠로사키의 음성은 강의 때와 조금도 다르지 않게 냉정했다.

"따님은 지금 생사의 기로에 있습니다. 아직 어린 환자에게 그런 짓을 하면 무조건 사망입니다. 저희도 치료에 최선을 다하고 있어요. 실례지만 부인은 의학적 지식이 전혀 없지 않습니까. 그럼 무지한 사람답게 전문가의 지침에 얌전히 따라야 하는 것 아닙니까?"

"제가 의학적 지식이 없다는 건 저도 알아요. 하지만 아이가 전혀 차도가 없잖아요. 그렇다면 다른 방법을 시도해보는 게 뭐가 문제인가요?"

그러나 부인의 필사적인 호소에도 쿠로사키는 냉소로 일관했다.

"다른 방법? 그 다른 방법이 주술이라고 하니 기가 막힌 거죠. 무식해도 정도가 있지. 그딴 것에 의지해봤자 백해무익입니다."

쿠로사키는 팔꿈치를 잡은 부인의 손을 모질게 뿌리쳤다.

"아무튼 퇴원은 불가합니다. 미신을 신봉하는 모친의 어리석음 때문에 아이가 죽는 꼴은 절대 못 봅니다."

거의 협박에 가까운 으름장을 들은 부인은 겁을 먹은 듯 굳어버렸다. 쿠로사키에게 냉정하게 밀쳐진 그녀는 완전히 기가 죽어 비틀거리는 걸음으로 교사를 나갔다.

조금 떨어진 곳에서 치히로와 함께 상황을 지켜보고 있던 요시우라가 말했다.

"쿠로사키 교관 멋지다. 나도 저렇게 자신만만한 사람이 되고 싶어."

"하지만 저분, 너무 가엾어. 교관도 그렇게 심하게 말할 필요는 없잖아."

"미신을 맹신하는 사람들은 저 정도로 호되게 말하지 않으면 듣질 않거든. 우리나라는 교육을 못 받은 사람이 아직 많아서 미신이나 헛소문을 진실인 양 믿는 경우가 많아서 말이지. 어디 시골뿐인가? 왕도 같은 도시에도 그런 사람이 널렸어. 예를 들면, 카가와, 너 그저께 신문 봤어? 남의 무덤을 파헤친 범인이 잡혔는데, 그놈이 자백한 동기가 걸작이었어."

"몰라. 뭐랬는데? 설마 수술 연습대로 삼을 작정도 아니었을 테고, 일반인이 시체가 필요할 일이 뭐가 있지? 도무지 짐작도 안 가는데."

"그게, 있더라고. 놀랍게도 약으로 쓰려고 했대."

"약? 무슨 약?"

치히로는 눈살을 찌푸렸다. 무덤에서 파낸 시체에 살아 있는 인간의 건강에 공헌할 만한 무언가가 있다고는 도저히 믿기 어려웠다.

"폐병이래. 똑같은 폐병으로 사망한 시체를 한 달 후에 파내서 그 간을 구워서 환약으로 만들어 먹으면 병이 낫는다고….'

"그건 대체 무슨 이론이야?"

훔친 시체로 약을 만든다는 끔찍한 발상에 치히로가 혐오감을 드러내자, 요시우라가 덧붙였다.

"이론이 없지만 있어 보이는 게 미신 아니겠어? 그 왜 세간에서 미라가 만병통치약이라고 믿는 것과 비슷한 거 아닐까? 고가의 외래품. 손에 넣기 힘들수록 용할 것 같은 느낌이 들잖아. 아, 코끼리 똥이 임질에 효과적이란 말도 들은 적 있어. 소위 연상의 산물인 거겠지? 귀한 물건에 숨겨진 마력. 힘을 가진 것에 흔들리게 되는… 착각?"

"그건 오컬트잖아."

"맞아, 딱 오컬트지. 그러니까 우리 같은 과학자가 지식의 빛으로 어리석은 민중의 어둠을 밝혀줘야 하는 거지."

"지식의 빛이라."

마치 거룩한 사명이라도 받은 듯한 요시우라의 말에, 치히로는 쓴웃음을 지었다.

"그럼 죽어라 공부해야겠다. 올해는 우리 둘 다 낙제하지 않게."

"응, 그래야지. 다행인지 불행인지 지금은 내 마음을 흔드는 아리따운 여성도 없고. 이번에는 무조건 진급한다."

진지한 표정으로 가슴을 활짝 펴는 요시우라. 그러나 치히로는 그의 진급을 내심 위태롭게 보고 있었다.

요시우라는 연애 체질이다. 사랑에 빠지면 안구에 장밋빛 막이 끼어 시야 협착을 일으킨다. 그 결과 학생의 본분을 저버린 적이 수 차례였다.

벡터는 정반대지만 요시우라와 비슷한 이유로 똑같이 1년 유급한 자신이 그를 두고 이러쿵저러쿵 입을 댈 자격이 있는지는 별개로 하고, 치히로는 요시우라의 장래를 몹시 걱정하고 있었다.

집에 가는 길이 반대 방향인 요시우라와는 교문 앞에서 헤어졌다. 요시우라의 살짝 구부정한 뒷모습이 멀어져가는 것을 보면서, 치히로는 그가 모쪼록 아리따운 여성을 못 만나길 기원했다. 적어도 그가 최종시험을 무사히 치르고 의사 면허를 손에 넣을 때까지는.

치히로는 버스로 통학했다. 정류장은 교문을 나가 4, 5미터 거리에 있다. 쭉 뻗은 플라타너스 가로수길을, 치히로는 여느 때처럼 버스를 타기 위해 걷고 있었다.

그 길의 불과 십여 미터 앞에 그녀가 있었다. 기모노의 색상과 무늬, 별갑 빗을 꽂은 올림머리가 낯익었다. 방금 전 쿠로사키 교관에게 딸의 퇴원을 허락해달라고 읍소하던 부인이 틀림없었다.

그러나 다수의 행인들 중에서 유독 그녀에게 눈이 간 것은 그녀의 옷차림이 인상에 남아서가 아니었다.

이상하게 느린 걸음이 치히로의 주의를 끌었기 때문이다.

부인은 조리를 신은 발을 질질 끌다시피 하며 걸어갔다. 그러나 가뜩이나 느린 걸음은 점점 속도가 떨어져, 마침내는 거의 멈춘 것이나 다름없게 되었다.

뒤에서 가던 행인이 차례차례 그녀를 앞질러갔다. 치히로도 그렇게 하려다―깜짝 놀라서 걸음을 멈췄다.

시야 구석에 들어온 부인의 안색이 병자처럼 창백했기 때문이다.

"괜찮, 습니까?"

무심코 말을 걸자, 부인의 핏기 없는 뺨 위로 눈물이 뚝 떨어졌다. 마른 입술 사이로 가느다란 오열이 터져 나오더니, 야윈 어깨가 크게 들썩였다. 부인은 흐느낌을 주체하지 못하다―급기야 둑이 터진 듯이 울음을 터뜨렸다.

길을 가던 사람들이 일제히 그녀, 그리고 치히로에게 주목했다. 치히로는 당황했다. 변명의 여지도 없다. 그녀가 운 이유는 틀림없이 자신이 말을 걸었기 때문일 테니.

"저어, 괜찮다면 잠시… 걸을까요."

위기를 면하기 위한 치히로의 간절한 부탁에, 부인은 눈물을 흘리며 고개를 끄덕였다.

의학교와 부속 병원 부지를 둘러싼 보도를 빙글빙글 몇 바퀴나 돌고 나서야 부인은 간신히 안정을 되찾았다.

"폐를 끼쳐 죄송합니다. 답답한 일이 한두 가지가 아니다 보니 제가 그만 실례를…."

손수건으로 연신 눈물을 닦아내며 부인은 치히로에게 사과했다. 날벼락 같은 상황에 당황한 와중에도 치히로는 일단 부인의 안색을 확인했다. 손수건을 꼭 움켜쥔 손도, 손수건에 눌린 뺨도 창백하게 야위어

생기가 모조리 빠져나간 사람처럼 보였다. 아무리 값비싼 옷을 차려입었어도 그 초췌함만은 숨길 수 없었다. 자초지종을 물을 것도 없이, 그녀의 겉모습은 궁지에 몰린 정신 상태를 그대로 반영하고 있었다.

치히로는 쿠로사키에게 박대당하던 그녀가 떠올라 도저히 가만히 있을 수 없었다. 곤경에 처해 주술이나 미신에 매달리는 심경을 누구보다 잘 아는 그였다. 극복할 수 없는 현실이나 감정을 어떻게든 해결하고 싶을 때는 이성적으로 수단을 가릴 여유가 없다. 과학이라 불리는 학문을 탐구하는 치히로 역시 그러했다. 소중한 사람에게 재앙이 닥쳤을 때 현실적으로 방법이 없으니 그냥 손 놓고 있을 거냐 묻는다면, 그렇게 할 자신이 없었다.

"아뇨, 그럴 수도 있죠. 어린 따님이 아프다면서요."

치히로의 말에, 부인은 흠칫 놀라며 고개를 들었다.

"그걸 어떻게?"

"실례지만 아까 학교 통로에서 어머님을 뵈었는데… 그, 이야기가 들렸습니다."

"그럼 그 학교 학생분…?"

중얼거리는 목소리에서 갑자기 맥이 탁 풀리더니, 부인은 치히로에게서 고개를 돌렸다.

"그럼 당신도 똑같은 생각을 하겠네요. 터무니없는 미신이나 믿는 무식한 여자라고. 하지만 전 이대로 딸을 포기하고 싶지 않아요. 이제 겨우 5살이에요. 한 번도 남편이 없었던 제게 와서 양녀가 되어준 아이예요. 저희 같은 저주받은 집에 와준 운명의 아이라고요—이렇게 죽게 내버려둘 수는 없어요."

"저주받은 집?"

치히로가 되묻자, 여성은 자조적인 웃음을 흘렸다.

"허무맹랑한 소리라고 생각하시죠? 하지만 사실이에요. 저희 집안에는 못된 악령이 붙어 있어요. 자손이 번영하지 못하는 집. 아이가 태어나지 않는 집. 그건 악령의 저주를 받았기 때문이죠. 저와 제 딸처럼, 제 어머니와 저도 피로 이어진 사이가 아니랍니다. 실은 저도 양녀예요. 혈연관계가 아닌 여자들로만 이루어진 가정이지만, 그래도 지금까지 별 탈 없이 살아왔어요. 그래요, 지역의 주술사를 모셔 의식을 치르고 있는 동안은 그랬지요. 그런데 그분이 은퇴하시자마자 이렇게 돼버려서―그동안은 악령에 대해서 생각하지 않으려 노력했어요. 하지만 이런 상황까지 오니 모든 일들이 저주와 관련되어 있는 것처럼 느껴지는 거예요. 제가 친자식을 갖지 못한 것도, 양녀가 정체 모를 병에 걸린 것도, 키리야마 가문에 씌인 악령 때문이 아닐까, 하고 말이지요."

치히로는 부인의 이야기를 조용히 경청했다. 그러나 마음속에 떠오른 의문을 물어보지 않을 수 없었다.

"주술에 의지하겠다 하셨는데… 주술사가 따님을 구할 구체적인 방책을 갖고 있긴 합니까? 의사조차 쩔쩔매는 병을―죄송하지만 퇴원 문제는 저도 교관님과 같은 생각입니다. 주술의 힘을 그렇게 덥석 믿을 수는 없어요."

그러나 부인은 단호하게 말했다.

"아뇨, 저는 믿어요. 아무도 안 믿는다 해도요. 수술이나 약 같은 과학적인 요법만 인정한다면 주술 따윈 방법이라고 할 수 없겠지요. 하지만 주술사는 의사가 다루는 것과는 다른 방법을 알고 있을지도 몰라요. 시험해보지도 않고 소용없을 거라고 단언할 수는 없지 않나요? 주술은 지금 제게 남은 마지막 지푸라기예요."

잠시 흥분했던 부인은 곧 눈치를 살피는 것처럼 웃었다.

"알아요. 당신의 말도 맞는다는 걸. 애초에 저희도 의학의 도움을 받기 위해 고명한 의사 선생님이 계신 의학교 병원에 딸을 입원시킨 거니까요. 치료비용은 아끼지 말고 할 수 있는 모든 걸 해달라고 했어요. 하지만 딸의 병세는 악화될 뿐이에요. 아무리 생각해도 딸이 아픈 원인은 저희 집에 들러붙은 그 악령 때문이에요. 그러니까 의약이 듣지 않는 거죠. 그럼 주술이라면 그 애를 살릴 수 있을지도 몰라요."

이미 외곬로 빠져버린 듯한 부인은 고개를 툭 떨어뜨렸다.

"어쨌든 이젠 사람의 힘을 벗어난 것에 매달리는 수밖에 방법이 없네요. 위중한 아이를 병원에서 데리고 나와 술사에게 맡기겠다 하면 남들 눈에도 어리석어 보이겠지요. 하지만 달리 무얼 어떻게 하라는 건가요?"

부인의 눈에 다시 눈물이 그렁그렁 차올랐다.

그녀의 딱한 사정에, 치히로는 더 이상 부정하는 말을 할 수 없었다. 그래서 결국 본인의 입장 상 부적절할뿐더러 오지랖 그 이상도 이하도 아닌 말이 툭 튀어나오고 말았다.

"저, 잠시 시간 좀 내주실 수 있을까요?"

부인은 어리둥절한 표정으로 치히로를 쳐다봤다.

"실은 그런 일을 잘 아는 지인이 있습니다. 나이는 젊어도 실력이 아주 뛰어난 분이라 저도 전에 신세를 진 적이 있지요. 그분께 상담을 해 보시면 어떨까요?"

2

치히로가 방문의 취지를 알리자, 요미사카는 대놓고 실망한 티를 냈다.

"물건 사러 오신 게 아니었어요? 치히로 씨도 새 생활을 시작하셨으니 우량 고객이 되어주시겠거니 하고 기대가 컸는데. 요즘 매상이 신통치 않다고요. 비누, 수세미 같은 소모품이나 겨우 팔리고."

구멍가게 주인다운 하소연을 늘어놓으며, 요미사카는 치히로와 부인을 가게 안으로 들였다.

치히로는 요미사카와 부인을 먼저 들인 뒤, 무릎 높이의 마루턱 앞에서 신을 벗었다. 복도로 들어서니 양말을 신은 발바닥에 서늘하고 매끈한 바닥이 느껴졌다. 무심히 통로를 둘러보니, 소년 혼자 사는 곳이라고는 생각할 수 없을 만큼 꼼꼼하게 관리가 되어 있었다.

요미사카는 바로 오른쪽 장지문을 열고 치히로와 부인을 안으로 안내했다. 거실 겸 침실로 보이는 8조 다다미방이다. 들어가자마자 눈에 들어온 것은 정면에 보이는 벽장의 장지문. 그 위에 그려진 것은 검정색과 삼색, 두 마리의 고양이와 어린이 장난감. 특이한 그림이었다. 방 양쪽으로는 유리 미닫이문과 종이 미닫이문이 4개씩 설치되어 있었다. 각각 가게와 부엌 공간을 구분하는 용도인 것 같다.

방 안에 있는 가구는 자그마한 서랍장과 그보다 작은 찻장, 낡고 투박한 직경 1미터 정도의 밥상이 전부였다.

간소하고 소박하다.

단출한 방 안에서 유일하게 이채를 띠는 것은 찻장 위에 떡하니 놓여 있는 전화기였다. 홀로 동떨어져 정치적인 공기를 뿜어내고 있는 검은 덩어리. 권리금 지불과 가게 매상의 수지타산이 맞을지 남의 일이지만 걱정이 된다.

요미사카는 구석에 쌓아둔 방석을 가져와 치히로와 부인에게 권했다. 치히로는 3센티 두께의 팥색 방석 위에 얌전히 앉았다.

가게 쪽 유리문은 닫혀 있었지만 종이문 쪽은 열려 있어 부엌이 훤히 보였다. 3조 넓이의 마루바닥 너머는 봉당이고, 그 너머가 부엌 입구다. 개수대와 풍로가 나란히 놓인 구석에 오후의 약한 햇빛이 들어오고 있었다. 그을음이 낀 큰 기둥에는 화재를 막는 부적. 환기용인 듯 벽에 크게 뚫린 창에는 흐르는 물에 단풍잎이 떠 있는 단책을 늘어뜨린 풍령 한 개가 매달려 있었다. 그러나 유리창이 닫혀 있어 소리가 울리진 않았다.

아무래도 이 건물 안에 방이라 부를 만한 것은 이 8조짜리 다다미방 뿐인 것 같다.

요미사카는 밥상 앞에 손님을 앉히고는 봉당으로 내려가 성냥을 켰다. 그리고 불을 풍로에 붙이고 주전자를 올리면서 거실에 앉은 손님들을 돌아보았다.

"두 분, 어떤 차가 좋으세요?"

요미사카의 물음에 아무거나 괜찮다고 했던 치히로는 뒤늦게 후회했다.

앞에 놓인 찻잔에서 모락모락 하얀 김이 피어올랐지만, 갈색이나 먹색 김이 피어올라도 그러려니 싶을 정도로 강렬한 냄새가 났다. 슬그머니 찻잔 속을 들여다보니 안이 새까맣다.

—뭐야, 이건.

치히로의 표정이 뜨악해 보였는지, 요미사카는 득의만면한 모습으로 설명했다.

"약초차입니다. 뒤뜰에서 재배해보았는데 생각보다 훨씬 잘 자라더라고요. 좋은 냄새가 나죠?"

—어디가 좋은 냄새냐.

치히로는 냉큼 반박하려 했지만, 부인—키리야마 후미코는 찻잔을 손에 들고 요미사카의 말에 크게 동의했다.

"…정말, 향기로워요."

그 말에 치히로는 목구멍까지 올라왔던 불평을 그만 뱃속으로 삼켜 버렸다.

—일반적으로들 좋아하는 냄새인가… 이게?

약초차에 대한 후미코의 호의적인 반응을 지켜보면서도 도저히 씻기지 않는 의혹을 남긴 채, 치히로는 다시 제 찻잔을 쳐다보았다.

요미사카는 뚫어져라 찻잔을 들여다보는 치히로를 본체만체하고 후미코에게 자초지종을 알려달라고 부탁했다.

"사건의 발단은 거의 반세기 전의 옛날, 제 어머니가 키리야마 가문에 시집오기도 전에 있었던 일이라고 들었습니다."

키리야마 가문에 씌인 저주를 털어놓으며, 후미코는 그렇게 운을 띄웠다.

마치 널리 알려진 괴담을 이야기할 때와 같은, 어딘가 능숙한 말투였다.

"당시 키리야마 가문의 후계자—제 호적상 아버지에 해당하는 그분께는 결혼을 맹세한 사키에라는 연인이 있었어요. 하지만 남자의 양친은 이 혼사를 격렬히 반대했습니다. 이유는 양가의 격이 맞지 않는다는—다만 사키에 씨의 집안도 절대 가난한 집은 아니었어요. 부모님은 간장을 파는 상점을 하셨고 사키에 씨 본인도 왕도의 여자고등사범학교를 졸업한 재원, 그러니까 양가집 아가씨였다고 해요. 문제는 사키에 씨 쪽이 아닌, 키리야마 가문에 있었어요. 가진 재산이 지나칠 정도로 막대해서—산 정상에 올라 거기서 보이는 모든 땅이 그 집안 것, 이란 표현이 결코 허풍이 아닐 정도의 대지주였던 게 문제가 되었어요.

그때에 비하면 많이 줄긴 했지만, 지금도 상당한 재산을 갖고 있지요. 즉 키리야마 가문은 혼인 상대의 집안을 극도로 까다롭게 고르는 가문이었어요. 그래서 막대한 재산의 유일한 상속인이었던 아버님은 이때 중대한 갈림길에 서게 되었습니다. 열렬히 사랑하는 연인을 선택할 것인가, 아니면 재산을 가질 것인가. 둘 중 하나만 택할 수밖에 없었던 그분은⋯."

무릎을 잡은 손에 저도 모르게 힘이 들어간 치히로의 맞은편에서, 요미사카는 다과상에 곁들인 만주를 우물거리던 입을 우뚝 멈췄다.

순식간에 밥상 위에 정적이 내려앉았다. 그러나 잠시 팽팽했던 공기는 이윽고 이어진 후미코의 말에 탁 풀리고 말았다.

"그는⋯ 키리야마 가문의 재산을 선택했어요."

후미코가 덤덤하게 말하자, 치히로는 맥 빠진 한숨을 쉬었다.

"사정이야 어떻든 간에 그토록 사랑했던 연인을 잘도 포기했군요. 얼마나 눈물겨운 이별이었을까."

안타까워하는 치히로의 말에, 후미코는 눈가에 싸늘한 미소를 띠었다.

"아뇨, 눈물 따윈 없었답니다. 아버님은 정말로 쉽게 끝내셨어요. 단 한 장의 절연 편지로 연인을 버리셨죠."

"설마요. 지금까지의 이야기로는 그렇게 가벼운 교제가 아니었던 것 같은데요."

"네, 가벼운 교제가 아니었어요. 그때 사키에 씨의 뱃속엔 그의 아이가 있었다고 했으니까요."

"맙소사, 너무해."

"네, 정말 너무하지요. 하지만 정말 너무한 건 지금부터예요. 그로부터 얼마 지났을 무렵, 아버지 앞으로 짐 하나가 도착했어요. 한 아름 정도 되는 크기의 예쁜 선물상자였어요. 끌러보니 안에서 두꺼운 포장지로 싼 꾸러미와 편지 다발이 나왔다고 해요. 포장지 안에 들어 있던 것은 언젠가 아버지가 연인에게 선물한 고급 심홍색 후리소데, 편지는 아버지가 그녀에게 쓴 연문이었죠."

"사키에 씨가 보낸 거였군요."

"네. 그리고 상자 바닥에 남은 것이 하나 더 있었어요. 아주 끔찍한 물건이었죠. 얇고 흰 종이로 싼 작은 덩어리—그건 여자의 약지였어요."

여자의 약지, 라는 말에 치히로가 머릿속에서 해당하는 모습을 떠올리는데 약간 시간이 걸렸다.

"손가락, 이라고요?"

치히로는 아연실색하며 그 말을 되뇌었다.

"네, 손가락이오. 부패 직전의. 하지만 완전히 썩어버리진 않은 손가락 끝에는 불길한 저주 문자가 적혀 있었어요. 붉은 글자로. '원(怨)'이라고."

"저주 실행의 성명이네요."

계속 말없이 이야기만 듣고 있던 요미사카가 그렇게 말하자, 후미코는 고개를 끄덕였다.

"그렇게 끔찍한 물건이 도착하고 며칠쯤 지난 어느 날이었어요. 사키에 씨의 시신이 산속의 저수지에서 발견되었어요. 부패가 꽤 진행된 상태였지만 그 시체가 사키에 씨인 건 의심의 여지가 없었어요. 몸에 걸친 의복도 그렇고, 시신이 착용하고 있던 것은 하나도 빠짐없이 딸의 것이라고 사키에 씨의 부모님이 증언하셨거든요. 무엇보다 망자의 왼손에 약지가 없었던 것이 결정적 증거가 되었습니다.

그와 같은 사실이 명백해지자, 사정을 아는 키리야마 가문의 사람들은 모두 공포에 질렸습니다. 남들 모르게 급히 승려를 모셔 사키에 씨의 넋을 달래는 공양을 하고 주술사에게 악령 퇴치 방법도 알아보는 등 저주의 방어책을 모색했죠. 그렇게 그들은 이 억울한 사연을 빨리 매듭 짓고 입을 닦을 생각이었어요. 그러나 그리 쉬이 끝나지는 않았습니다. 괴이는… 재앙은 아버지의 혼례날 밤부터 시작되었지요."

후미코는 무릎 위에 모은 두 손 위로 어두운 시선을 떨구며 중얼거렸다.

교과서를 읽는데 열중하던 치히로는 밖에서 울리는 날카로운 클랙슨 소리에 깜짝 놀라 고개를 들었다. 대절 자동차가 도착한 모양이었다. 무심코 손목시계를 보니 오후 4시를 조금 지난 시각이었다. 치히로는 교과서를 덮은 뒤, 신발을 들고 요미사카, 후미코와 함께 밖으로 나왔다.

자동차는 요미사카 철물점의 유리문 앞에서 손님을 기다리고 있었다. 정확히 가게 앞에 세워진 자동차의 조수석에, 치히로는 허리를 굽혀 올라탔다.

지금부터 후미코와 함께 키리야마 가문을 방문해서 집안 사람에게 저주에 얽힌 사정을 소상히 듣기 위해서였다.

"내일이 일요일이라 다행이네요, 치히로 씨. 학교를 빠지지 않아도 돼서."

후미코의 이야기가 대강 끝난 뒤, 요미사카가 빙그레 웃으면서 던진 말에 치히로는 몹시 당황했다. 그들을 따라 키리야마 저택까지 갈 생각은 추호도 없었기 때문이다. 계획은—후미코를 요미사카에게 부탁한 뒤 즉시 귀가해서 밤늦게까지 공부할 생각이었다.

"아니, 왜 나까지. 미치겠네. 쉬는 날도 할 일이 산더미처럼 많다고.

무엇보다 다음 주 수요일에는─."

치히로가 본인의 난처한 상황을 호소하려 하자, 요미사카는 경멸의 눈빛을 숨기지 않고 노려봤다.

"설마했는데 치히로 씨, 본인이 가져온 현안을 저한테 떠맡기고 본인은 날름 내뺄 생각이었어요? 세상에, 이런 무책임한 사람이었다니."

요미사카의 비난에 치히로는 할 말이 없었다. 도리를 따지고 들면 맞는 말이기에 결국 따라나서지 않을 수 없었다.

"내가 따라가봤자 아무 도움도 안 될 텐데 뭐."

미련 가득한 불평을 늘어놓는 치히로에게,

"그럴 리가요. 대단히 도움이 될 겁니다."

라고 요미사카는 솔직하게 대꾸했다.

─퍽이나.

치히로는 전혀 납득하지 못한 채 요미사카의 얼굴을 쳐다봤다. 치히로는 주술에 관한 어떠한 면에서도 완벽한 문외한이다. 하늘이 알고 땅이 아는 사실이다. 어쩌면 우회적인 형태의 괴롭힘인 걸까. 대체 본인의 무엇이 어디에 도움이 된다는 건지 따지려 하는데, 요미사카가 먼저 대답했다.

"그야, 나이가 불어나잖아요."

"나이?"

"제가 노인이라면 얼마든지 혼자서 할 수 있지만, 그게 안 되니까 적어도 머릿수라도 채워보자는 거죠. 하루아침에 늙을 수도 없잖아요. 하지만 머릿수를 늘리면─치히로 씨와 함께 있으면 그럭저럭 중년 남자 한 명 몫은 쳐주지 않겠어요?"

"요컨대 뭐라도 있어 보이자?"

"이해해주셔서 기쁘네요."

웃으며 말하는 요미사카가 진심으로 기뻐 보여, 치히로는 흐뭇한 체념과 함께 자신의 상황은 일단 제쳐두기로 했다.

합의가 이뤄지자, 요미사카는 즉시 찻장 앞으로 방석을 가져와서 전화를 두 통 걸었다. 첫 번째 상대와 긴 통화를 나눈 뒤, 대절 자동차 회사에 다시 전화를 걸어 운전사가 딸린 자동차 한 대를 부탁했다.

이어서 후미코가 전화를 사용했다. 자택에 미리 연락을 넣기 위해서였다. 그녀는 주술사를 동반하겠다고 알리는 한편, 저주와 관련된 물건—불제를 치른 후리소데와 아버지의 연문을 챙겨달라고 가족들에게 부탁했다. 이것은 요미사카의 지시에 따른 것이다.

그동안 치히로는 오로지 교과서 암기에 몰두했다. 마음만 먹으면 공부 시간은 어떻게든 쥐어짜낼 수 있는 법이다.

가게 앞에 대절 자동차가 도착한 것은 그로부터 1시간 정도 흐른 뒤였다.

3

키리야마 가문의 저택은 요미사카가 사는 모토마치에서 북쪽으로 수십 킬로미터 떨어진 산간부에 위치한 소도시 미히나타의 중심부에 있다고 했다. 내내 산길을 달려야 해서 가는 데 3시간이나 걸렸다. 덕분에 자동차가 미히나타에 들어섰을 때는 해가 긴 6월임에도 불구하고 군청색 어둠이 땅 위로 짙게 드리워져 있었다.

도로에 설치된 가로등은 모두 불이 켜져, 푸른 어둠 속에 하얀 토담이 길게 떠올라 있었다. 차창 밖으로 끝없이 이어지는 그 하얀 흐름이 치히로의 눈에는 영 기이하게 느껴졌다.

"도무지 끝날 기색이 보이지 않는군. 저 담은 대체 뭐지?"

혼잣말 같은 치히로의 의문에, 뒷좌석에 앉은 후미코가 대답했다.

"아아, 저건―."

간병에 지친 탓인지 출발하고 곧 꾸벅꾸벅 졸기 시작하더니 어느새 깨어난 모양이다. 기분 탓인지 몰라도, 대답하는 목소리가 다소 기력을 회복한 것처럼 들렸다.

"키리야마 저택의 외담이에요. 거의 다 왔네요."

실제로 차원이 다른 자산가라는 것이 존재했구나. 치히로는 감탄하면서 다시 창 밖으로 눈을 돌렸다. 하지만 그 막대한 재물이 조금도 부럽지 않았다. 오히려 그렇게 큰 짐을 짊어진 후미코가 조금 안쓰러웠다.

사람이 건강하게 살기 위해서는 그에 걸맞은 소유물의 양이 있다고 생각한다. 너무 많아도, 너무 적어도 좋지 않다. 일생을 건강하고 행복하게 살려면 어느 정도 양이 딱 좋다고 단언할 수는 없지만, 만약 알 수 있다면 가장 편안한 마음으로 살 수 있을 것 같았다.

으리으리한 대저택이었다.

치히로는 차에서 내리자마자 눈앞에 우뚝 선 전통가옥의 위용에 압도당했다. 건물 바로 뒤에 붙어 있는 대나무 숲이 밤바람에 쓸려 부딪치는 울림, 잎이 파스스 스치는 소리가 저택의 품격을 더욱 높여 주었다.

치히로의 본가인 카가와 저택도 남부럽지 않게 호화롭고 거대하지만, 중후한 기와지붕을 얹은 거대 전통가옥은 그 위압감의 격이 달랐다.

현관으로 향하는 길에 나란히 줄지어 선 사용인들이 일제히 머리를 숙였다. 모두 전시대적인 제복을 착용하고 있었다.

저택 안으로 들어서자 현관 부근의 공간은 천장이 높이 트여 있었다. 폭이 넓은 계단을 에워싸듯이 위층으로 통로가 뻗어 있다. 전통적 양식을 답습한 외관과는 어울리지 않는 특이한 구조의 건물이었다. 아마도 아낌없이 돈을 퍼부어 증개축을 거듭한 결과로 보인다. 유명한 요릿집이나 기루를 떠올리게 하는 취향의 설계는 저택 주인의 특이한 기호가 엿보였다. 가령 극단적인 도락가. 몽상가. 그러한 쪽의.

앞서 걸어가는 후미코의 안내에 따라 요미사카와 치히로는 몇 번이나 통로를 꺾었다. 가는 도중 치히로는 벽 곳곳에 주변보다 색조가 진한 부분이 있다는 것을 깨달았다. 걸려 있던 서화를 치운 흔적일까.

마침내 다다른 응접실은 30조는 됨직한 넓은 다다미방이었다. 하지만 평범한 다다미방과는 꽤 다른 모습이었다.

란마(주3)의 조각은 당화문을 새겨 이국적인 분위기를 자아냈고, 방에 놓인 장식품의 소재도 국내산이 아니었다. 칠흑 같은 윤기가 감도는 남방의 목재, 치밀한 유리 세공품. 발밑에는 두툼한 페르시아 융단이 깔려 있고, 당초문을 상감으로 그려낸 테이블을 에워싸듯이 사라사(주4) 천을 씌운 의자가 놓여 있었다. 중후하고도 화려한 꾸밈새였다. 그러나 위력을 과시하는 느낌보다는 여자들의 살림다운 부드러운 분위기가 감돌았다.

응접실에서는 노령의 여성 두 명이 세 사람의 도착을 기다리고 있었다. 그중 한 명은 의자에 앉아서, 다른 한 명은 일어서서 손님을 맞이했다.

저택의 여주인과 시중을 드는 사용인 같았다. 시중을 들긴 해도 하녀보다는 비서라는 표현이 더 어울리는 여성이었다. 단정한 기모노 차림과 고상한 행동거지 때문만이 아니다. 그녀는 누가 봐도 이지적인 느낌

주3) 란마: 문·미닫이 위의 상인방과 천장과의 사이에 통풍과 채광을 위하여 교창(交窓) 따위를 붙여 놓은 부분.
주4) 사라사: 다섯 가지 빛깔을 이용하여 인물, 조수(鳥獸), 화목(花木) 또는 기하학적 무늬를 물들인 피륙. 또는 그 무늬.

을 주었다. 키리야마 부인은 그런 그녀를 무척 신뢰하는 것처럼 보였다. 여주인이 젊었던 시절 교육을 담당했던 인물일지도 모른다. 두 사람은 각각 키리야마 유리코, 코우사카 스미에라고 자신을 소개했다.

후미코는 노인들에게 인사를 마치고 요미사카와 치히로에게 의자를 권한 뒤, 자신도 가까운 자리에 앉았다.

그 직후, 입을 연 것은 여주인 키리야마 부인이 아닌, 측근—스미에였다.

"우리 집에 씌인 악령을 퇴치해주겠다 하신 분이 당신입니까?"

"네, 그럴 생각으로 찾아뵙게 되었습니다. 그럼 잠시 이야기를 듣고 싶은데요."

스미에가 살짝 눈썹을 꿈틀했다. 자신의 질문에 대답한 것이 치히로가 아닌, 어린 요미사카 쪽인 것에 의문을 느낀 듯했다. 스미에는 요미사카와 치히로 사이로 빠르게 시선을 미끄러뜨린 뒤 부자연스러울 정도로 온화한 말투로 물었다.

"그래서? 제가 어떤 이야기를 들려드리면 될까요?"

스미에의 가벼운 무시와 의심을 뭉뚱그린 듯한 눈빛을 한몸에 받으며 요미사카가 대답했다.

"대강의 사정은 후미코 씨에게 들었습니다. 혼롓날 밤, 신부가 잔칫상에 놓인 뚜껑을 열었더니 그 안에 피투성이 손가락이 들어 있었다고요.

그날을 기해 집안에 괴이한 일이 이어졌다. 가령 굳게 잠긴 창고 안에 엄중하게 봉인되어 보관되어 있을 터인 심홍색 후리소데를 입은 여인의 환영—사키에 씨의 유령이 저택 곳곳에서 목격되었다. 그 혼란의 와중에 시부모님이 연달아 돌아가셨다 등등. 그러나 최악의 사건은 갓 태어난 장남—후계자가 사라진 것이지요. 비단 침구 위에 남겨진 다량의 혈흔. 그 후로도 사라진 아기의 행방은 묘연했다. 이 일을 계기로 '저주받은 키리야마 가문'이라는 소문은 결정적으로 굳어졌고, 소문은 사용인들의 입에서 입으로 점점 퍼져나가 마침내 악령의 저주를 받은 키리야마 가문에 대해 모르는 사람이 없는, 기정사실이 되었다.

이 집의 주인이 이상해지기 시작한 게 그 무렵부터였나요? 죽은 사키에 씨의 그림자를 두려워하며 점점 초췌해졌다고요. 그러다 어느 날 밤 착란을 일으켜 우물에 빠져 돌아가셨다는—."

"맞습니다."

"문제의 후리소데를 보여주실 수 있나요?"

"네. 여기 가져왔습니다. 46년 전에 불제를 받은 뒤로 한 번도 풀어보지 않았어요."

스미에가 가리키는 상자를, 요미사카는 양손으로 안아서 들어보았다. 묵직한 의류의 무게가 느껴졌다. 누런 부적으로 엄중하게 봉인된 상자에 개봉한 흔적은 보이지 않았다. 테이블 위에는 후미코가 언급했던 연문으로 짐작되는 아주 오래된 편지 묶음이 놓여 있었다.

요미사카는 그 종이 다발에 시선을 둔 채로 화제를 바꾸었다.

"그런데 스미에 씨는 이 저택에서 몇 년이나 일하셨지요?"

"올해로 46년이 됩니다."

"아아, 그럼 마님께서 시집오신 그해부터군요. 정말 오래 일하셨네요. 그럼 스미에 씨만큼 오래 일한 분이 이 저택에 더 계십니까?"

"아니요. 오래된 사용인은 모두 그만둬서 지금은 제가 여기 사용인 중에서 가장 고참입니다. 이 집에도 이런저런 나쁜 소문이 있었거든요."

"그럼 마지막으로. 우물에 빠져 돌아가신 주인분의 성격에 대해 최대한 자세히 알려주실 수 있을까요? 어떤 사소한 일화라도 좋습니다. 어떠십니까, 마님?"

돌연 제게 화살이 돌아오자, 유리코는 대번에 안색이 희게 질리더니 당황한 기색을 숨기지 못하며 애타는 눈빛으로 스미에를 돌아봤다. 결국 요미사카에게 대답을 해준 것은 이번에도 스미에였다.

"마님께 주인님은 아픈 기억이니 부디 양해 바랍니다. 망자에 대해 이러쿵저러쿵 논하는 것은 부도덕한 짓이기도 하고요."

말투는 공손하지만 바늘 하나 들어갈 여지가 없는 거절이었다. 그러나 요미사카는 해맑은 얼굴로 집요하게 굴었다.

"그런가요? 이러쿵저러쿵 말을 들어도 싼 사람도 있지 않을까요? 아니면 그냥 이야기를 하고 싶지 않은 건가요? 그분이 역정을 내며 무덤에서 벌떡 일어나 나올지도 몰라서요? 하긴 요즘은 남의 무덤을 도굴해서 돈벌이를 하는 사람도 있다고 하더군요."

요미사카의 그 말에, 시종 완벽한 무표정으로 있었던 스미에의 뺨이 실룩 움직였다. 살짝 웃었기 때문이다.

"저는 정말 아무것도 드릴 말씀이 없습니다. 그 주인님의 마음속을 그 누가 알겠어요? 무엇보다 이제 와서 그런 걸 캐낸들 무슨 도움이 되겠습니까."

"확실히. 전혀 도움이 안 되네요."

잠자리를 봐주러 온 하녀가 방에서 물러난 뒤, 요미사카는 불쑥 중얼거렸다.

그 말을 귀신같이 주워들은 치히로가 요미사카 쪽으로 몸을 돌렸다.

"도움이 안 돼? 요미사카 군, 실은 나도 이상하게 생각하던 참이야. 혹시 이 집 사람들은 우리를 별로 달갑게 여기지 않는 걸까? 그래도 저주를 벗겨주겠다고 온 사람들이니 좀 환영해줄 만도 한데."

"그러게요."

요미사카는 영 미심쩍은 얼굴을 하는 치히로의 말에 건성으로 맞장구를 쳤다.

저녁 식사를 마친 뒤 목욕을 하고 저택에서 마련해준 침실에 들어온 치히로와 요미사카는 낡은 편지를 열심히 읽어보는 중이었다. 후미코의 아버지가 쓴 연문을 빌려온 것으로, 이 내용에서 그의 성품을 유추해볼 심산이었다.

"…이거, 뭔가 굉장하네."

조용히 편지를 읽고 있던 치히로가 도무지 민망해서 견딜 수가 없다, 라는 표정으로 중얼거렸다.

"나는 이런 연문은 도저히 못 쓸 것 같아. 부끄러워서."

"아마 대다수가 같은 생각을 하지 않을까요."

지면에 눈을 고정한 채 요미사카가 대꾸했다.

"그건 아니지. 나는 연인이 없으니 잘 모르겠지만, 정말 사랑하는 사람이 있다면 이런 마음이 되지 않을까? 그러고 보니 동기인 요시우라도 비슷한 말을 한 적이 있어."

"치히로 씨는 의외로 여성적이네요, 발상이. 혹시 마음은 소녀인가요?"

"왜 얘기가 그렇게 돼?"

"말이란 것을 너무 믿고 있잖아요."

"말을 믿는 게 뭐가 잘못인지 모르겠네."

"잘못이라기보다는 위험하다는 거죠. 작금에 와서 말의 가치는 계속 떨어지고 있잖아요. 특히 남자들의 사회에서는, 말이란 배신을 전제로 하고 있죠. 그 말을 진심으로 믿다가 눈물을 쏟게 되는 건 착한 여성이나 가엾은 어린애밖에 없을걸요. 아시겠어요? 진심이 없으니까 이런 아름다운 말을 쏟아낼 수 있는 겁니다. 생각해보세요. 정말 사랑했다면 임신한 연인을 버리고 다른 여성과 아무렇지도 않게 결혼할 수 있었을까요? 대강 훑어본 정도지만, 이 사람이 말을 선택하는 방법으로 확신했어요. 그는 실천적인 연애 시인입니다. 진성 연애병 환자고요."

"연애병이라니 말이 심하네."

"편의상 그렇게 부른 거지만… 역시나 병적인 느낌이 드네요. 분별력을 잃을 정도의 고열에 들뜬 거니까요. 하지만 그 열기가 식으면 상대에 대한 관심을 완전히 잃고 말지요. 그들이 사랑하는 대상은 사랑을 하는 자기 자신이니까요. 즉 상대는 누구라도 상관없는 거죠."

"어쩐지 딱한 남자로군."

"딱한 건 그에게 무참하게 휘둘린 상대방이지요. 이런 인간을 진심으로 사랑하게 되면 인생 망칩니다."

"사키에 씨처럼?"

"네. 그건 그렇고 스미에 씨에게 편지를 돌려주러 잠시 다녀오겠습니다. 치히로 씨는 먼저 주무시든 공부를 하시든 편한 대로 하세요."

"지금? 벌써 주무시지 않을까?"

"괜찮습니다. 분명 환영해줄 겁니다."

요미사카는 편지 묶음을 한 손에 들고 신속하게 방을 나갔다.

갑작스런 요미사카의 방문에도 스미에는 전혀 놀란 기색이 없었다. 흔쾌히 방으로 들인 그녀는 문을 잠근 뒤 요미사카를 돌아보았다.

"그래서? 당신 목적이 뭐죠? 미리 말해두는데, 제게서 뭘 뜯어내려고 해봤자 소용없습니다. 당신에게 줄 것은 이 집에 아무것도 없으니까요."

"혹시 저를 공갈범으로 오해하고 계신 겁니까?"

요미사카가 진지한 얼굴로 묻자, 스미에는 예의 옅은 웃음을 지어 보였다.

"아닌가요? 그때 당신은 '도굴'이라는 말에 유독 힘을 주어 발음했어요. 그렇게 해서 '알고 있다'는 것을 드러낼 의도였지요? 하지만 모두 끝난 일이에요. 떠들고 싶으면 마음대로 하세요. 나는 도망치지도, 숨지도 않을 테니─."

더없이 싸늘한 스미에의 말을, 요미사카는 작은 손짓으로 가로막았다.

"저, 일단 오해 없도록 말씀드리는데, 이건 전부 제가 상상해낸 이야기니까 그렇게 알고 들어주세요.

대략 46년 전 이야기입니다. 참혹하게 배신당해 사랑이 깨진 한 처녀가 있었습니다. 그녀는 남자를 몹시 사랑했습니다. 그래서 버림받았어도 남자를 잊지 못하고 그에게 집착했습니다. 하지만 남자는 이미 예전의 그가 아니었죠. 그래서 처녀의 마음은 남자에 대한 복수심이라는 형태로 일그러지고 말았습니다. 집착에 사로잡힌 그녀는 무슨 수를 써서라도 남자의 행복을 망쳐버리기로 결심했습니다.

하지만 그러려면 우선 다른 사람이 되어야만 했습니다. 원래 신분으로는 그에게 접근하기조차 어려웠으니까요. 그래서 그녀는 도굴꾼에게 자신과 체격이 비슷한 여성의 시체를 한 구 샀습니다. 그렇게 죽은 사람이 되는 것으로 그녀의 복수는 막을 열었습니다.

그 후, 처녀는 겉모습과 신분을 위장해서 키리야마 저택에 사용인으로 들어갔습니다. 그리고 다양한 괴이를 꾸며냈습니다. 그릇 속의 손가락이나 곳곳에 신출귀몰하는 심홍색 후리소데, 그런 것들 말이지요. 이 저택은 사각이 많은 복잡한 구조입니다. 가령 여기저기에 거울을 매달아두면 유령을 '출현시키는' 것도 그리 어려운 일은 아니었습니다. 소품인 후리소데는 복제품을 한 벌 더 준비해두면 진짜를 건드릴 필요도 없습니다.

자아, 처녀는 그렇게 해서 괴이를 연출하는 한편, 새신부였던 마님을 점차 제 편으로 만들었습니다. 어떻게 그런 일이 가능했을까요? 그야 말할 필요도 없지요. 그녀의 남편이 지독한 인간—심각한 연애병 환자였기 때문입니다. 아마 그는 끊임없이 열렬한 사랑을 거듭했을 겁니다. 정기적으로 상대를 갈아치우면서. 그리고 가족에게는 온종일 모질게 굴었습니다. 연애병 환자에게 생활과 가족은 구속 그 이상도 이하도 아니니까요. 그러다보니 처녀의 목적은 어느새 '남자의 불행'에서 '남자 살해'로 바뀌었습니다. 마님이 그걸 바랐기 때문에요—살기 위해서. 남편의 애인들중에는 저주받았다는 소문에도 키리야마 가문의 여주인 자리를 노리는 사람이 있었습니다. 왜냐하면 남자는 엄청난 부자였으니까요.

계속 괴이를 연출하고 일대에 저주받은 키리야마 가문의 불운한 이미지를 퍼뜨리면서, 처녀와 마님은 남자를 죽일 기회만 기다렸습니다. 계획에 방해되는 오래된 사용인을 차례차례 쫓아내면서요. 이윽고 시부모님이 죽고 때가 왔습니다. 어느 날 밤, 처녀와 마님은 공모해서 취한 남자를 우물에 던졌습니다. 술이나 약, 둘 중 하나의 힘을 빌리면 여자 힘으로도 가능했지요.

그렇게 처녀의 복수 계획은 다행히도 성공했습니다. 두 여인은 양자로 보냈던 딸이나 아들의 자녀를 '양녀'로 키리야마 가문에 데려와 막대한 재산도 물려주고 오래오래 행복하게 살았습니다. 끝."

"당신의 입을 통해 들으니 무서운 범죄 이야기도 행복한 전래동화처럼 들리는군요."

스미에의 말에, 요미사카는 고개를 갸웃거렸다.

"행복하지 않나요?"

"네, 전혀. 저는 이제 와서 제가 저지른 짓이 얼마나 무서운 죄인지 깨닫는 중이거든요."

"키리야마 가문에 씌인 '저주'는 키리야마 씨의 죽음으로 예전에 막을 내렸습니다. 그러니까 당신도 유리코 씨도, 아무것도 모르는 후미코 씨가 데려온 우리를 성가시게 느꼈던 거잖아요."

"네. 하지만 사실 저주는—업보는 아직도 계속되는 중인지도 몰라요."

"아야 씨의 병을 말씀하시는 건가요?"

스미에는 심각한 표정으로 고개를 끄덕였다.

"저희가 저지른 악업 때문에 그 애가 그런 정체 모를 병에 걸리게 된 건지도 몰라요. 그 애가 그렇게 되고 나서야 비로소 저희는 저희들이 저지른 죄에 두려움을 느꼈습니다."

"그럼 그 전에는 후회도 하지 않았나요?"

"네."

스미에의 대답에 요미사카는 웃었다.

"키리야마 씨는 아주 몹쓸 인간이었던 모양인데, 조금도 반성하지 않아서 결국 그런 최후를 맞이한 겁니다. 자신을 반성하는 건 정말 중요하죠.

사실 이번에 방문한 이유는 키리야마 가문의 누군가가 아야 씨의 건강을 해치고 있을 가능성을 의심했기 때문입니다. 가령 당신이나 유리코 씨, 혹은 다른 누군가가 아야 씨 병의 근원이라면—즉 어떤 실제적인 수단을 사용해서 아야 씨의 몸을 해치는 사람이 있다면, 그 사람을 설득하든 개심하게 만들든, 어떻게든 노력해봐야겠다는 생각을 했거든요. 하지만 그게 아니었으니 이제 여기서 할 일은 없을 것 같습니다. 아쉽지만 저희는 내일이라도 떠나겠습니다. 늦은 밤에 너무 오래 시간을 빼앗았군요. 부디 편히 쉬세요, 사키에 씨."

머리를 꾸벅 숙이고 나가려는 요미사카를, 스미에가 불러 세웠다.

"저를, 처벌하지 않는 겁니까?"

"벌? 제가요?"

요미사카는 어깨를 으쓱했다.

"굳이 그러지 않아도 당신은 이미 합당한 벌을 받지 않았나요? 저주라는 거짓말을 완수하기 위해—키리야마 씨 살해를 어둠 속에 감쪽같이 묻어버리기 위해, 당신은 후미코 씨에게 당신이 그녀의 친모라는 진실을 밝히지 못하잖아요.

유리코 씨도 마찬가지입니다. 실은 아야 씨의 친할머니라는 사실을 당신과 똑같은 이유로 영원히 숨겨야 하죠. 아마도 무덤에 들어갈 때까지. 상황을 감안하면 그것만으로도 지나치게 충분한 벌이라고 생각합니다.

그리고 저는 형사도 아니고 옛날에 있었던 분쟁을 다시 파헤치러 온 것도 아니에요. 후미코 씨가 의뢰한 내용은 아야 씨를 살리는 것뿐이거든요.

아야 씨의 병 때문에 걱정이 많으실 텐데, 혹시 모르니 다른 전문가에게도 도움을 부탁해보겠습니다. 제가 쓸 수 있는 방법은 다 썼습니다. 다만 아무리 뛰어난 전문가라 해도 능력 밖의 일이란 게 있는 법이니 결과에 대해서는 그 무엇도 약속드릴 수 없습니다. 그저 운명과 행운이 도와주길 기도할 밖에요."

어쩐지 수줍게 말을 맺는 요미사카에게, 스미에는 입술을 떨면서 머리를 숙였다.

4

깊은 밤, 무심코 교관실 창밖에 눈길을 준 쿠로사키는 한 대의 차량이 회차공간을 돌아 들어오는 것을 보았다. 이 시간에 문병객이 온 모양이다. 누군가의 담당 환자가 위독한 상태에 빠진 걸까 상상하며, 쿠로사키는 다시 읽던 서류에 집중했다. 책상 위에 놓인 시계가 부지런히 바늘을 돌리고 있다.

돌연 방문을 두들기는 소리가 들려와, 쿠로사키는 고개를 들었다. 긴급호출 내선전화는 잠잠하다.

─누구지?

실내에 울린 때 아닌 노크 소리에 의문을 품으며, 쿠로사키는 다가가 문을 열었다.

문 앞에는 커다란 검은 가방을 든 왜소한 노인이 서 있었다. 몸에 걸친 양복은 낡고 초라했지만, 본인은 반질반질 윤기가 도는 혈색 좋은 얼굴로 쿠로사키에게 물었다.

"지금 아래층 사무소에서 듣고 왔는데. 키리야마 아야라는 환자의 담당의가 자네인가?"

"그렇습니다만?"

쿠로사키가 눈짓으로 용건을 물었지만, 노인은 기죽은 기색도 없이 말했다.

"환자를 만나고 싶네. 실은 환자의 모친 쪽에서 자네의 진단에 혹시 허점이 있지는 않은지 확인해달라는 부탁을 받았네. 다른 뜻은 없어. 만에 하나 자네에게 조언할 만한 부분이 있다면 그리할 테고, 그게 아니라면 지체없이 물러나겠네. 그러니까… 내 말은… 도울 방법이 있다면 돕고 싶단 뜻이네."

쿠로사키는 노인의 말에 황당해하며 입을 열었다.

"당신이 무슨 생각으로 남의 영역에 뻔뻔하게 끼어들려고 하는지 모르겠는데, 저는 제 환자에게 할 수 있는 모든 처치를 다 하고 있습니다. 그리고 당신은 이 학교에서는 이미 외부인입니다. 제 환자에게 손을 대는 건 고사하고 그 자리에 관계자인 양 하며 서 있을 자격조차 없단 말입니다."

"그래, 알아. 그러니 이렇게 부탁하는 것 아닌가. 한데 인연이란 참 신기하구먼. 이런 데서 옛 제자를 딱 마주치게 될 줄은 꿈에도 몰랐네. 자네의 영민한 얼굴을 보는 건 퇴관 이후 처음이군. 자네도 꽤 나이가 들었어, 쿠로사키 군."

"쓸데없는 한 마디를 꼭 붙이는 건 여전하시군요, 나츠노 교관—아니, 나츠노 씨. 그러니까 학교에서 쫓겨난 겁니다."

"그건 사실과 다르네, 쿠로사키 군. 나는 내 발로 나간 거야."

"네, 현실을 부정하는 것만큼 쉬운 일은 없지요."

"부정하는 게 아니야. 그저 학교의 방식이 나와 맞지 않았다는 말이지. 나는 개인적으로 임상의는 좀 더 겸허해야 한다고 생각했네. 말하자면 단순한 취미기호의 문제지. 그러나 사람을 규격품으로 취급하는 것은 반대하고 싶네. 인체는 모든 점에서 정묘해. 헌데 그런 인체를 다루면서 무조건 유형화해서 약을 쓰려 하는 게 자네 같은 수재들의 나쁜 습관이야. 남의 생명을 맡았으면 이쪽도 최선을 다하겠다는 태도로 임해야 하지 않을까? 자네는 돕겠다는 내 제안을 거절해서는 안 돼."

"당신의 말은 이상론입니다."

쿠로사키는 조용히 반박했다.

"지금은 모든 면에서 효율화가 요구되는 시대입니다. 모든 일에 그에 맞는 수순이 적용되어야 한다고요. 규칙에 예외를 만들면 안 됩니다. 그렇게 하지 않으면 수많은 환자를 다 관리할 수 없습니다."

"그럼 관리를 안 하면 되지 않나."

"어리석은 대중에게는 인도자가 필요합니다."

나츠노는 웃었다.

"어리석다! 그 방대한 지혜의 집적을 고작 그렇게 단언하는 건가, 자네는? 그 이전에 인도자 본인이 길을 잘못 들지 않는다고 어떻게 장담하지?"

"만에 하나 잘못 든다 해도."

쿠로사키는 나츠노를 똑바로 응시했다.

"그들이 멋대로 날뛰게 놔두는 것보다는 낫습니다. 우리는 그들보다 더 많은 것을 알고 있으니까요."

"과연 그럴까. 나도 젊은 시절에는 명석한 두뇌야말로 최고의 가치라고 생각했지만. 지금은 생각이 달라졌네."

나츠노는 자신의 한 손에 시선을 떨어뜨렸다.

"내가 지금 여기 갖고 있는 지식에 나름의 가치가 있다 해도, 그 대부분은 자네가 어리석다는 말로 일축하는 이름 없는 사람들에게서 받은 것들이네. 그들은 내게 수많은 구체적인 식견을 주었네. 완치한 환자도, 사망한 환자도 모두 내게 얼마쯤의 지혜를 남겨주었지. 다른 직업은 잘 모르니 이 일에 한정해서 말하면, 실력을 키우는 것은 무조건 경험이야. 물론 서적에서 얻을 수 있는 지식도 중요하지. 모르는 것은 애초에 손도 댈 수 없으니까. 그러나 정형적인 대응 외엔 할 수 없는 전문가는 일반인보다 조금 더 아는 수준인 재수 없고 교만한 인간 아닐까? 지금 자네가 나를 거부하는 근거가 뭔가? 규칙? 도리? 아니, 자네의 귀를 틀어막는 건 아마 하찮은 자존심일 걸세. 허나 타인의 의견에 귀를 기울이는 건 패배가 아니야. 새로운 경험이지. 정도에서 벗어난 것들이라고 외면하지 말게. 그 안에서 무얼 배울 수 있을지 자넨 설레지도 않나?"

　어두컴컴한 병원 복도를 앞장서서 걸어가는 쿠로사키의 넓은 보폭에 맞추어 나츠노는 종종걸음을 걸었다. 상야등이 침침하게 발밑을 비추고 있다.

　"환자가 몹시 위중한 상태인가 봐."

　나츠노가 불쑥 중얼거리자, 쿠로사키는 돌아보지도 않고 대답했다.

　"네, 아주 심각합니다. 아까 카르테로 보셨다시피 어떠한 처치를 해도 병세가 호전되지 않고, 심지어 아무도 그 이유를 모릅니다. 진단이 나오지 않아요. 환자는 복수의 잡균에 의한 감염이 끊임없이 반복되고 있습니다. 그러나 어떤 약제를 써도 전혀 효과가 없습니다. 어쩔 수 없이 수액과 보온으로 시간만 끌고 있는 상태인데, 지금도 계속 장기 기능이 저하되고 있습니다. 회복될 기미는 전혀 없고요."

　"흠, 그거 큰일이구면."

　이윽고 쿠로사키는 어떤 문 앞에서 멈춰 섰다. 그리고 한 걸음 뒤늦게 따라온 나츠노를 돌아보며 살짝 눈매를 좁혔다.

　"그럼 어디 실력을 보여주실까요? 당신 말대로 눈앞에 드리워진 가능성을 시험해보지도 않고 관망만 하는 건 확실히 멍청한 짓이죠. 적절한 조언을 얻을 수 있다면 그보다 감사한 일은 없으니까요."

　진심인지 비아냥인지 모를 담담한 어조로 말하면서 쿠로사키는 문 옆으로 비켜섰다.

　나츠노는 문을 열었다.

　병실 안에 있던 간병인이 일어섰다.

　나츠노는 병상에 똑바로 다가가 환자의 얼굴을 들여다보았다. 5세의 소녀다. 기록대로 영양상태는 문제가 없어 보인다. 나츠노는 열이 오른 환자의 몸 이곳저곳을 만져보았다. 가쁜 숨을 쌕쌕대는 소녀의 입가에 얼굴을 가까이 가져가 숨 냄새도 맡아보았다.

"전염병균 검사는 전부 음성, 외상 없음. 내장에 병터가 있을 가능성도 없나?"

"없습니다. 적어도 탐지 가능한 범위에서는."

나츠노는 쿠로사키의 대답에 작게 고개를 끄덕이더니 가져온 가방의 입구를 열었다. 병실 구석으로 물러난 간병인이 조마조마한 표정으로 나츠노와 쿠로사키를 지켜보고 있었다.

몹시 큰 왕진가방이었다. 그럴 만도 한 것이, 가방 밖으로 비어져 나올 기세로 온갖 물품이 꽉꽉 담겨 있었다. 정규 상품 라벨이 붙지 않은 수많은 약제병을 비롯해, 어디에 사용하는지 알 수 없는 도구도 여럿 보였다.

"그럼 이걸 시험해볼까."

나츠노가 꺼낸 것은 소다병 정도 크기의 차광용기였다. 갈색 유리를 통해 내용물이 보였다. 우웃빛 액체다.

나츠노의 의도를 알아챈 쿠로사키가 즉시 이의를 제기했다.

"담당의로서 환자에게 확인되지 않은 약제를 투여하도록 허락할 수 없습니다. 약제의 성분을 밝혀주십시오."

"어허, 이건 자네가 생각하는 그런 심각한 약물이 아니야. 그냥 경구영양제라네. 약사원 인가는 받지 않았네만."

"영양제라고요? 게다가 무인가?"

"무인가인 이유는 순수하게 정치적인 문제라네. 너무 잘 만들어져서 어용상인인 업계 라이벌의 방해를 받은 결과지. 츠키하라 제약의 이 약은 현 시점에서 최고의 조성이라 할 수 있는 영양제일세."

"장난하지 마시고요."

"뭐가 장난이란 건가. 아까부터 나는 이 환자가 혹 영양실조가 아닐까 의심 중이네. 그럼 영양 보급은 지극히 마땅한 처치지."

"환자에게 영양실조의 징후는 없습니다. 입원 당시 체중도 정상 범위 내였고요. 대체 뭘 어떻게 생각하면 그런 황당한 결론에 도달하는지 짐작도 안 갑니다. 환자가 영양실조라니, 당신 진단은 너무 비상식적이에요. 이 상황에 섣불리 소화기에 부담을 가하는 처치를 하는 건 적절하지 않습니다."

"그런 한가로운 트집은 마땅한 방법을 찾고 나서나 하게. 지금 상황에서는 그렇게 상식에 집착하며 딴지를 걸어봤자 아무 도움도 안 돼."

나츠노는 영양제를 기구에 흡입시켜 소녀의 입에 넣어주었다. 처음에는 아주 조금, 핥는 정도였다. 쿠로사키가 그 모습을 영 떨떠름한 표정으로 보고 있자 나츠노가 말했다. 끈질기게 마술의 트릭을 가르쳐달라고 조르는 아이에게 마침내 비밀을 말해주는 어른 같은 우쭐한 어조로.

"솔직하게 털어놓자면. 영양실조를 의심한 건 이와 비슷한 증상을 예전에 본 적이 있기 때문이야. 대강 40년 가까운 옛날 일이지. 그때 내 나이가 겨우 30대, 딱 지금의 자네 연배구먼. 그러고 보니 그때 그 환자도 어린 소녀였지. 원인불명의 면역부전. 온갖 수를 다 써봤지만 아무것도 효과가 없었어. 그러다 끝내는 아이의 양친이 주술사를 불렀네. 어처구니가 없고 암담한 심정이었지만, 어차피 다 틀린 거라면 원하는 거나 하게 해주자며 그냥 내버려두었지. 그랬는데 그 남자—주술사가 아이에게 감을 먹이라고 하지 뭔가."

"감…? 그건 또 무슨 비과학적인."

"그렇지? 나도 영문을 모르겠더군. 허나 아이 엄마는 매일매일 감 열매를 구해와서 그걸 갈아서 아이에게 먹였다네."

"그래서 어떻게 됐습니까?"

한숨을 쉬며 쿠로사키가 묻자, 나츠노는 담백하게 대답했다.

"싹 나았네."

"설마!"

쿠로사키가 저도 모르게 버럭 소리를 지르자, 나츠노는 씨익 웃었다.

"세상에는 그 '설마'가 의외로 흔하게 굴러다니기도 하는 것 같아. 실제로, 주술사가 어떻게 그 방법을 알았는지, 어떻게 찾아냈는지는 끝내 알 수 없었지. 영원히 밝힐 수 없는 수수께끼. 어쩌면 그저 행복한 우연이었을지도 몰라. 주술사 본인조차 알아낸 이유를 말할 수 없는. 하지만 그때 난 생각했네. 그는 '알 수 있는 인간'이라고. 이렇게 오래 살아보고서야 비로소 깨달았는데, 세상에는 그런 인간이 적잖이 존재하는 것 같아. 그들 같은 인간은 봉사를 하기 위해 이 세상에 있는 건지도 모르지. 일에 선택받은 인간, 이란 말이 있지 않나? 그가 바로 그런 인간이었네. 사실 그가 받은 사례금은 아주 약소한 금액이었어. 헌데 그 사람은 합당한 금액이라고 하더군. 모든 경우엔 적정한 가치라는 게 있고, 그걸 무시하면 온 세상이 지옥이 될 거라는 희한한 말을 하면서 말이야.

어쨌든 나는 그 경험에서 귀중한 배움을 얻었네. 생명을 상대하는 한, 기술의 상식이란 건 의외로 믿을 수 없다는 걸. 꼭 야위고 쇠약해지지 않아도 영양실조는 있을 수 있어. 체질적으로 특정 미량 영양소의 결핍이 치명적인 위기가 되는 사람도 있고. 과잉 섭취도 마찬가지. 가능성의 문제야. 필요한 것은 어둠 속에서 대답을 찾기 위한 이미지네이션이라네. 그런 점에서 자네도 자네가 그토록 경멸하는 주술사에게 뭔가 배울 점이 있을지도 몰라."

"아뇨. 그래도 전 주술 같은 무논리한 가치에 편승할 생각은 없습니다. 세상에 횡행하는 주술, 미신의 폐해는 언급하지 않겠습니다만, 부적을 삼키면 전염병을 막을 수 있다고 믿거나 환자를 위하다 사기꾼에게 큰돈을 뜯기는 사람들을 보면 답답해서 견딜 수가 없습니다."

"하긴. 주술 같은 종류에 그런 어두운 측면이 있는 건 사실이야. 정도를 지키기가 참 어려워. 때로는 그게 용한 약처럼 효험을 보이기에 더더욱."

순순히 동의하는 나츠노를, 쿠로사키는 싸늘한 눈빛으로 쳐다봤다.

"아니요, 그게 다가 아닙니다. 가능성으로 치자면 방금 당신이 한 처치가 환자에게 무효, 아니 악화를 부추길 가능성도 있습니다. 그렇게 되면 당신의 예단이 환자를 죽인 꼴이 됩니다."

"뭐야. 당연한 말을 하는군. 바라는 바일세. 그 정도의 책임은 당연히 져야지. 의사는 남의 목숨을 책임지는 직업이야. 사람을 죽일 각오도 없이 어떻게 임할 수 있겠나."

"방금 전 제게 자만심을 경계하라고 훈계해놓고 어떻게 같은 입으로 그런 말씀을 할 수 있습니까?"

"흥, 주의든 주장이든 얼마든지 바꿀 수 있어. 환자를 위해서라면."

나츠노의 뻔뻔한 말에, 쿠로사키는 진절머리를 내며 입을 다물었다. 이 노인에게 무슨 말을 해도 소용없다는 걸 확실히 알았기 때문이다. 그러자 나츠노가 그의 굳은 얼굴을 빤히 쳐다보았다.

"그런데 쿠로사키 군. 나는 처치자로서 환자의 경과를 관찰할 의무가 있는데… 혹시 오늘 밤 자네 방에서 묵어도 괜찮겠나?"

양해를 구하고는 있지만, 애초에 쿠로사키에게 선택권을 줄 생각이 없음은 명백했다. 그런 주제에 겉으로는 순한 양처럼 구는 나츠노의 기만에, 쿠로사키는 이보다 더할 수는 없다 싶을 만큼 한껏 인상을 구겼다.

그러나 쿠로사키의 강인한 이성은 이윽고 그의 고개를 힘껏 끄덕이게 만들었다. 다만 동작이 다소 뻣뻣했던 것만은 어쩔 수 없었다.

5

키리야마 저택에서의 하룻밤이 밝았다.

이른 아침. 동틀 녘의 어스름을 뚫고 전조등 불빛을 번뜩이며 나타난 자동차에 여성 한 명과 남성 두 명의 승객이 올라탔다. 차는 아침 이슬에 젖은 자갈을 밟고 저택 정원을 돌아 키리야마 저택의 웅장한 정문을 뒤로했다.

마치 날 새기만 기다리듯 출발을 서두른 이유는 후미코가 한시라도 빨리 병원으로 돌아가길 원했기 때문이다.

오늘 아침 일찍, 요미사카는 아야의 병이 키리야마 가문의 저주와는 전혀 무관하다는 사실을 후미코에게 전달했다.

"말씀하셨던 저주는 사실 오래 전에 효력을 다했습니다. 과거 이 집에 저주를 내렸던 자는 수십년 전에 이곳을 떠났고요. 즉 아야 씨의 병은 악령과 아무 상관도 없는 거죠. 그래서 아야 씨의 병은 주술로 해결할 수 있는 문제가 아닙니다. 안타깝게도."

요미사카의 말에 후미코는 낙심이 큰 듯 고개를 떨어뜨렸다. 생기 없는 뺨에 허탈한 미소가 떠올랐다.

"그렇군요. 그럼 이제 다 끝난 거네요. 저희는 이제 아무것도—."

"아뇨, 그건 아직⋯."

요미사카는 우물거리며 말했다.

"모든 일은 끝까지 가봐야 아는 겁니다. 그러니 이 일은⋯ 따님을 도울 수 있는 분께 맡겨보시지요."

그리고 요미사카는 부담스럽다는 듯이 들고 있던 두툼한 봉투를 후미코에게 내밀었다. 봉투 안에는 고액권 지폐 한 묶음이 들어 있었다.

후미코가 고개를 저었다.

"이미 드린 사례금이니 받아주세요."

그러나 요미사카는 난처한 표정을 지을 뿐이었다.

"제가 받을 몫은 이미 여기서 빼두었습니다. 마땅한 서비스를 적절한 가격으로. 이것이 선대―아니, 저의 좌우명이거든요. 이것은 업자가 요괴가 되지 않도록 방지하는 위대한 지혜입니다. 왜냐하면 요괴가 된 업자는 세상을 파멸시킬 수도 있으니까요."

묘한 이론을 주장하며 후미코에게 사례금을 돌려주는 요미사카를 멀찍이서 지켜보면서, 치히로는 아야의 용태를 걱정했다. 막다른 곳에 몰린 후미코가 안쓰러웠다. 요미사카의 말대로 누군가―사람이 해결하기 힘든 일이라면 '무언가'라도 그녀에게 도움이 되어주길 아무라도 붙잡고 기도하지 않을 수 없었다.

몇 시간 후, 후미코의 차로 함께 돌아온 요미사카와 치히로는 어제 차에 탔을 때와 똑같은 장소―요미사카 철물점 앞에 서 있었다.

두 사람을 가게 앞에 내려준 후미코는 차에 탄 채로 작별인사를 했다. 아이가 걱정되어 한시가 급한 어머니의 마음이 절절하게 느껴졌다.

"따님이 조금이라도 차도를 보이면 좋겠는데."

멀어지는 자동차를 바라보며 치히로가 걱정스럽게 중얼거렸다.

"그러게요."

대답하는 요미사카는 퍽 담담했다.

차로 오는 동안 벌써 해가 중천에 떴다. 쏟아지는 눈부신 햇볕 아래서 요미사카는 주머니를 뒤져 꺼낸 열쇠로 가게 유리문을 열었다. 그리고 의기소침한 모습으로 길 위에 우두커니 서 있는 치히로를 불렀다.

"잠깐 들어가시죠. 차라도 들고 가세요."

요미사카 철물점 안의 8조 방에 약초차 냄새가 그득했다. 아주 독특한 초목의 향이 났다. 치히로는 다시금 찻잔 안의 검은 액체를 물끄러미 쳐다봤다. 그래도 어제 마신 것에 비하면 훨씬 나았다. 냄새가 강하지만 역한 느낌은 아니다. 한 모금 머금자 상쾌한 쓴맛이 입안에 사악 퍼지며 목구멍으로 넘어갔다.

"나쁘지 않네. 어제 것과는 달리."

"똑같은 겁니다."

요미사카는 그렇게 말하며, 찻장 서랍에서 꺼낸 달걀전병을 접시에 우르르 쏟아 치히로 앞으로 내밀었다.

"거짓말! 맛이 전혀 다른데?"

치히로가 승복하지 못하고 재차 물었지만, 요미사카는 웃기만 했다.

"달라진 건 차가 아니라 치히로 씨 본인일 걸요? 이것은 걱정이 많거나 마음이 지쳐서 잠을 제대로 이루지 못할 때 좋은 차거든요. 그럴 때 몸이 필요로 하는 성분은 맛있다고 느낄 정도까진 아니어도 입맛에 맞게 느껴지죠. 몸에서 흡수하길 원하니까 좋다고 느끼는—무언가를 맛있게 느끼는 건 먹은 음식 속의 무언가가 몸에 유익하다는 증거라고 생각해요. 아마 키리야마 저택에서 많이 피곤하셨나봐요. 아니면 공부가 너무 힘들어서 그런가? 어젯밤 늦게까지 독서등을 켜두셨던데."

요미사카의 말에 치히로는 어젯밤을 떠올렸다. 후미코의 안타까운 사정, 아야의 병, 악령. 그런 것들을 생각하다보니 잠을 이룰 수 없었다. 그런 번뇌들을 공부에 몰두하는 것으로 잊으려 했던 치히로였다.

"그렇군. 피곤하면 맛있게 느껴지는 차라⋯."

치히로는 감탄하며 김을 모락모락 피우는 찻잔을 양손으로 감쌌다. 그리고 한숨을 쉬며 중얼거렸다.

"결국 그 집에 악령 따윈 없었던 거야. 설마 악령의 정체가 살아 있는 인간—스미에 씌였다니. 이번에는 어떻게 알아챈 거지?"

"단순한 소거법이죠. 후미코 씨의 이야기는 마치 전래동화를 주워들은 투고, 유리코 씨는 스미에 씨에게 지나칠 정도로 의지하는 것처럼 보였고, 사용인은 모두 얼마 안 된 사람들뿐이고, 결국 일련의 사건에서 핵심이 될 만한 사람은 스미에 씨만 남죠. 가정 내에서 일어나는 괴이는 십중팔구 집안사람의 소행이거든요."

"그래도 살인이라니, 대담한 짓을 했어."

"무슨 말씀이세요. 이 모든 악의 근원은 키리야마 씨인걸요. 한 처녀를 악귀로 만든 원흉이라고요. 끔찍한 요물이죠. 성격에 문제 있는 사람이 권력을 가지는 건 정말 무서운 일이에요. 하지만 역시 요괴는 어쩐지 슬픈 존재 같아요. 최후에는 인간에게 퇴치당하는 운명이니까. 그도 파국을 맞기 전에 인간으로 돌아왔어야 했는데."

"그렇군. 인간이 타락하면 요괴가 되는 건가. 왠지 알 것 같아. 살인은 범죄라고 말하고 싶지만, 그때 그분들은 틀림없이 어떤 선택의 여지도 없는 곳까지 몰렸을 거야. 그런데 내가 살인을 비난한들⋯."

말을 잇지 못하는 치히로를 대신해 요미사카가 덧붙였다.

"맞아요. 설득력 제로죠. 하지만 그건 그거고, 의외로 타당한 흐름 같지 않나요? 키리야마 씨의 성품을 물어봤을 때 스미에 씨와 유리코 씨의 태도, 보셨지요? 연애병에 중독된 사람은 남녀를 가리지 않고 요괴처럼 비인간적으로 변한다는 건 역시 사실이었나봐요. 사실 흔하디 흔한 전말이었던 거죠. 인간의 마음을 잃어버려, 끝내는 주변의 누군가에게 칼을 맞아 죽는 최후."

확신에 차서 주장하는 요미사카를, 치히로는 의아한 표정으로 쳐다 봤다.

"마치 그런 걸 실제로 많이 본 것처럼 말하네, 너는."

"후후, 선대가, 당신이 보고 들은 일들을 제게 많이 들려주셨거든요. 본인보다 훨씬 오래 살아온 사람의 이야기를 듣는 건 아주 유익해요. 실제로 살아온 시간보다 훨씬 오래 산 기분이 든답니다."

그 말에, 치히로는 납득한 듯 고개를 끄덕였다.

"하하, 그렇군. 이제야 알겠어. 너의 그 묘하게 통달한 사람 같은 모습은 선대 요미사카 씨의 오랜 지혜를 들어서 생긴 거였어."

약간의 조롱이 담긴 치히로의 말에, 요미사카는 몹시 뿌듯한 표정을 지었다.

"그 말, 더할 나위 없는 칭찬이네요."

한 줄기 바람이 딸랑, 하고 풍령을 울렸다.

희미하게 밀려오는 어지러운 감각에, 치히로는 눈을 몇 차례 깜박였다. 눈앞의 풍경이 뿌옇게 흐려지고 요미사카의 목소리가, 그것을 들으려 하는 의식이 스르르 멀어진다. 저도 모르게 몸이 기울어졌다.

"…잠은 최고의 약. 부작용 하나 없이 몸에 좋기만 한 약이지요. 괜찮다면 누워서 한숨 주무시고 가세요. 막차는 놓치지 않도록 깨워드릴 테니."

강을 건너려는데 나룻배를 만난 격이다. 안 그래도 그 부탁을 하려던 참이라, 치히로는 요미사카의 제안에 두말 없이 고개를 끄덕였다. 방금 마신 차의 약효 때문일까, 급격히 밀려오는 졸음은 강력했다.

치히로는 다다미 위에 팔을 베고 누웠다. 반쯤 열린 유리문을 통해 부엌 쪽으로 바람이 스윽 지나가자 또 풍령이 울렸다. 치히로는 귀를 간질이는 풍령의 투명한 음색을 들으며 이마에 달라붙은 묵직한 졸음에 몸을 맡겼다.

몇 번인가 풍령이 울리는 소리를 들었다. 청량한 울림은 점차 멀어져, 이윽고 들리지 않게 되었다.

꿈속에서 전화가 울렸다.

그러나 잠시 후 소리가 그치고 그 대신 사람의 말소리가 들려왔다.

"—그야, 모든 방법을 다 써봐도 안 된 거면 어쩔 수 없지만, 누군가가 막아서 못 한 거라면 억울하잖아요—다행이네요. 저는 의학교의 교관이면 굉장히 강압적이고 편협한 사람일 거라고 생각했는데—역시 편견에 사로잡히는 건 좋지 않네요. 또 하나 배웠습니다—오, 환자가 영양실조였다고요—우연히? 그게 뭐가 중요해요. 운도 실력인 걸요. —네. 고생 많으셨어요—네, 도와주셔서 정말 감사합니다."

눈을 뜨자 낯선 천장이 눈에 들어왔다. 치히로는 서서히 자신이 놓인 상황을 기억해냈다.

—아아, 그래, 아까 요미사카 군이 끓여준 차를 마시고 잠들었지.

치히로는 천장을—시야를 가득 채운 갈색 판자의 행렬을 쳐다보며 멍하니 생각했다.

그때 갑자기 역광으로 그늘진 요미사카의 얼굴이 쑥 들어왔다.

"어? 벌써 깨셨어요?"

"방금 그 전화, 누구야? 아주 좋은 소식 같던데."

치히로는 밥상 앞에서 나른하게 몸을 일으키며 요미사카에게 물었다. 요미사카는 방실방실 웃으며 일어나 앉은 치히로의 맞은편에 앉았다.

"네, 진짜. 아주 좋은 소식이었어요. 아야 씨의 용태가 호전되고 있대요. 살아날 것 같다고. 다행이죠, 치히로 씨? 이제 후미코 씨가 가여워서 같이 속상해하거나 침울해지거나 하지 않아도 될 테니까요."

"내가 언제…."

침울해졌냐, 고 강하게 부정하면서도, 치히로는 요미사카에게 속마음을 환히 들여다보였다는 사실에 충격을 받았다. 자신이 그렇게 알기 쉬운 사람이었나 하는 생각에 조금 불안해졌다.

하지만 그런 걱정은 떨쳐내고 그 다음 말을 다그쳤다.

"그런데 아야 씨의 회복 소식이 어떻게 바로 네게 들어온 거지? 아까 그 전화는 대체 누구한테서 온 거야?"

"아, 제가 아직 말씀을 안 드렸던가요? 실은 그 방면의 전문가에게 아야 씨를 부탁드렸는데, 그분에게 온 겁니다."

"전문가?"

치히로가 의아한 표정으로 되묻자,

"에이, 병에 대한 전문가가 의사 말고 또 누가 있겠어요."

요미사카는 대수롭지 않게 말했다. 더없는 현실주의자처럼.

"네가… 다른 의사에게 일을 부탁했다고? 주술사인 네가?"

"주술사는 의사와 인맥이 있으면 안 된다는 법이라도 있나요? 주술이든 의학이든 효과만 보면 되죠."

"그야 그렇지만."

"그리고 그분, 의사치고는 꽤 특수한 부류인 것 같아서."

"대단하다. 실은 아야 씨 담당의사가 쿠로사키 교관이거든. 네 지인이 어떤 분인지는 모르지만, 그 사람 일에 참견할 수 있었던 것만도 정말 대단한 거야."

"아하, 그분 성함이 쿠로사키 씨인가요?"

"다른 이름은 미스터 로직."

치히로의 묘하게 의미심장한 투의 말에, 요미사카는 웃음을 터뜨렸다.

"왠지 어떤 분인지 상상이 가네요."

"그렇지?"

요미사카의 웃음에 치히로도 덩달아 웃었다.

실내가 갑자기 어두워졌다.

해가 움직이며 부엌 창을 통해 들어오던 빛이 사라진 탓이다. 해가 급격히 기울기 시작했다. 마침 좋은 기회였다. 치히로는 이만 가볼 생각으로 방석 위에서 몸을 일으키려 했다.

하지만 그런 치히로의 생각을 짐작이라도 한 듯이 먼저 선수를 친 것은 요미사카였다.

"치히로 씨, 뭔가 맛있는 거 드시고 가시지 않을래요? 지금 저, 기분이 너무 좋거든요. 이 넘치는 행복함을 누군가에게 나눠주고 싶을 만큼요. 그러니 저녁은 제가 사게 해주세요. 뭐든 좋습니다. 양식이든 튀김이든 초밥이든."

"인심이 후하군. 하지만 어린 네게 밥을 얻어먹는 건 내키지 않아. 갈 거면 각자 내는 것으로 해서 우동집에 가자. 오늘은 주머니 사정이 가난해서."

치히로가 요미사카의 호기로운 제안을 감사히 거절하자, 요미사카는 못마땅한 듯 눈초리가 샐쭉해졌다.

"돈 걱정은 마세요. 출장료와 소개료를 두둑이 챙겨 받았으니까. 참, 장어 찬합 어때요? 달달한 간장을 태우는 뜨거운 숯불. 기름이 방울방울 떨어지면 불이 화르륵 붙어서 향기로운 연기를 피우지요. 먹음직스럽게 구워져 윤기가 자르르 흐르는 껍질에, 젓가락이 쑤욱 들어갈 만큼

야들야들 부드럽게 익은 속살. 짭짤한 간장 맛과 장어의 지방이 갓 지은 쌀밥에 스며들어 참을 수 없을 만큼 고소한 냄새가—."

정말로 코 끝에 스미는 느낌이 들어, 치히로의 배가 멋대로 '꼬르륵' 소리를 내고 말았다.

요미사카의 말대로, 자신은 말을 너무 쉽게 믿는 사람 같다고 치히로는 생각했다. 술술 흘러나오는 유혹의 말에 이토록 쉽게 넘어가버리다니.

하지만 한편으로는 소년의 말을 아무 의심 없이 믿을 수 있다는 행복감을 꼭꼭 씹어 음미하지 않을 수 없었다. 마음 깊은 곳이 훈훈하게 데워졌다.

치히로는 요미사카와 함께 밖으로 나갔다.

어스름이 깔린 거리에 이른 목욕을 다녀오는 유카타 차림의 사람들이 드문드문 눈에 띄었다. 두 사람은 장어집을 향해 느긋하게 걸었다. 찬합 가득 담긴 행복을 그리며. 말하고 돌아서면 잊어버릴 하찮은 수다에 열중하며.

하얀 달이 행복한 두 사람을 높은 곳에서 내려다보고 있었다.

열리지 않는 문

몇 번이나 똑같은 꿈을 꾸었다.

이 꿈을 처음 꾼 게 언제였던가. 정확히 기억나지 않지만, 처음 꾸었던 이래로 몇 년은 흘렀다. 가끔 얕은 잠 속에서 나타났다가는 사라지는, 이것은 소리 없는 꿈이다.

토우코는 넓은 방 한가운데에 우두커니 서서 머리 위로 흘러가는 시간을 쳐다보고 있었다.

하얀 회반죽 벽. 높은 천장. 주위 풍경은 잘 보이지만, 실내를 밝히는 광원은 햇빛이 아니었다. 창이 없는 방에 외부의 빛이 들어오는 것은 말이 안 되기 때문이다. 그렇다고 등불이 있는 것도 아니었다.

방에는 전등도 촛대도 없었다. 의자도, 탁자도, 침대도 없다. 텅 빈 사각 공간. 사방을 둘러싼 하얀 평면 말고는 아무것도 없는 장소였다. 그럼에도 손에 닿는 벽은 선득하고 매끈하고 단단해서, 토우코에게 깊은 안정감을 주었다.

조용하고 평화로워서 혼자 있어도 전혀 무섭지 않았다.

문이 없는 방.

몇 년 전부터 토우코는 이 풍경을 계속 보고 있다. 즉 이 방을 안 이후로 여길 나간 적이 한 번도 없었다. 그런데 방 안에는 대체 어떻게 들어온 걸까.

—문도 없는 방 안에?

여기 오기 전, 훨씬 전에, 누군가와 약속을 했던 것 같다.

—그때가 오면 방을 나가….

그 사람이 그 다음에 뭐라고 했더라? 도무지 기억이 나지 않는다.

문득 가슴을 스치는 희미한 불안감에, 토우코는 눈을 감았다.

—괜한 걱정일 거야.

그렇게, 스스로를 타일렀다. 굳이 쓸데없는 생각은 하지 않기로 했다.

—약속 따위가 뭐가 중요해.

이곳은 이렇게 안전한데. 출구가 없는 건 나갈 필요가 없기 때문이다. 계속 여기 있으면 된다.

—그래, 여긴 안전해.

하얀 방은 토우코를 지켜주기 위해 존재하는 튼튼한 방벽이었다. 토우코는 그 사실을 알고 있다. 그리고,

—어차피 이건 꿈이잖아.

몇 년이나 계속 꾸고 있는, 이것은 꿈. 잠 속의 환상.

1

어두운 방 안에서 아오이 토우코는 눈을 떴다.

오늘 아침도 창 밖에서 나지막한 빗소리가 이어지고 있었다. 이따금 그치길 반복하며 벌써 사흘째 내리는 비였다.

벽시계의 문자판이 오전 4시 반을 가리켰다.

퍽 드문 일이었다. 이렇게 이른 시간에, 게다가 이토록 가뿐하게 눈을 뜬 것은. 밤의 여운이 남아 있는 천장을 바라보며, 토우코는 잠시 침대에 누운 채로 있었다. 문득 유쾌한 계획이 떠올랐다.

혼자서 아침 식사를 하기로 결심했다. 조리장 찬장 안에 상비해두는 빵과 매일 아침 부엌 입구에 배달되는 병 우유, 그거면 충분하다. 얼른 식사를 마치면 오늘은 그 부담스러운 조식 자리에 참석하지 않아도 된다. 토우코는 재빨리 몸단장을 하고 방을 나갔다.

—그런데.

어찌 된 일일까. 아래층 식당에 벌써 환하게 불이 들어와 있었다. 조식은 늘 7시경에 시작한다. 따라서 식당에 사람의 출입이 시작되는 것은 그보다 약 반 시간 전이다. 평소보다 2시간이나 이르다. 토우코는 의아한 마음에 열린 출입문 틈으로 밝은 식당을 엿보았다.

하얀 조명에 드러난 테이블 위에는 완벽한 아침 식사가 차려져 있었다. 호화로운 양식풍의 상차림. 급사가 시중을 들어주는 사치스러운 식사는 토우코가 철들기 이전부터 내려온 아오이 가문의 관습이었다.

그러나 평소라면 비어 있어야 할 새벽의 식당에 벌써 불이 켜져 있고, 식사가 차려지고, 접시와 커트러리가 부딪치는 소리까지 들리는 이유는 한눈에 알 수 있었다. 손님이 있었기 때문이다. 긴 테이블 너머의 끝자리에서 양복 차림의 청년이 식사를 하고 있었다.

미야마 카오루였다. 토우코의 약혼자이자 후견인인 인물. 또한 가급적 마주치고 싶지 않은 상대이기도 하다.

—그래, 그래서.

이른 기상을 기뻐하며 그와의 조식 자리를 피할 생각이었다. 방금 전까진. 하지만 오히려 동석을 노리며 식당에 나타난 꼴이 되어버려, 토우코는 몹시 낙담했다. 사소한 충동으로 평소와 다른 시간에 식당에 내려오는 바람에 만나지 않았어도 될 껄끄러운 상대와 딱 마주치고 말았다. 그러나 최소한의 예의는 지키지 않을 수 없다. 이제 와서 뒤로 돌아 사라질 수도 없기에, 토우코는 식당에 들어가 떨떠름하게 자기 자리에 앉았다.

이 집에서 오래 살림을 담당해온 요시다 키와가 예상치 못한 여주인의 등장에 조금 당황한 기색을 보였지만, 어쨌든 익숙한 솜씨로 금세 카오루의 것과 똑같은 요리를 토우코의 앞에 차려주었다.

침묵의 식탁이었다. 이것이 어떤 의식이 아니라면 어지간히 크게 다

투었나보다 하고 마음을 졸였겠지만, 원래 이것이 토우코와 카오루, 미래의 부부가 한 자리에 있을 때의 당연한 모습이었다. 평소 같은 상태다.

어쨌든 "소금 좀 집어주세요" 정도의 말조차 없으니, 대화의 빈곤함만큼은 확실히 생판 남만도 못했다. 긴 테이블의 끝과 끝에 앉은 두 사람을 위해 각각 전용 조미료 세트가 준비되었다. 그것을 각자 사용하기 때문에 침묵이 깨질 일도 없었다.

그럼에도 그날 눈을 뜬 시점부터 평소 상태에서 살짝 비껴나 있던 토우코는 역시 오늘 아침 한정으로 평소와 다른 행동을 했다. 이유는 모른다. 습기 때문에 무거워진 머리 때문일까, 아니면 계속 이어진 비가 가져온 으스스함 때문일까. 아무튼 알 수 없는 무엇이 토우코에게 쓸데없는 말을 내뱉게 만들었다.

토우코는 무릎에 펼쳐둔 냅킨으로 입을 닦으며 말했다.

"오늘 아침은 꽤 이르네."

"네, 뱃짐이 예정보다 늦어져서, 항만국을 직접 찾아가 확인해볼 생각입니다."

오랜만에 듣는 토우코의 목소리에, 식사를 마치고 자리에서 일어나던 카오루는 일단 발을 멈추고 그녀를 바라보았다.

토우코는 공연히 눈앞의 오믈렛만 노려보면서 말을 이었다.

"그럼 오늘은 자동차를 사용하면 어때요? 난 버스로 가면 되니까."

그제야 얼굴을 드는 토우코를 보며 카오루가 미소를 지었다. 친밀감이라곤 눈곱만큼도 느껴지지 않는, 이죽거리는 미소였다.

"그건 곤란합니다. 사장 영애인 당신을 두고 일개 사용인인 내가 차를 쓰다니."

"괜찮아요. 굳이 사양할 것 없어. 지금 당신은 그 사장 영애의 약혼자니까. 그리고 아오이 무역의 대표니까 사장이나 다름없잖아. 학교는 길 건너 버스정류장에서 버스를 타면 몇 정거장 거리인 걸. 차는 당신이 써요."

카오루는 가볍게 고개를 저으며 토우코의 제안을 거절했다. 이후, 토우코의 존재를 철저하게 무시하는 태도로 일관했다.

카오루는 한쪽에서 대기 중인 비서를 손짓으로 불렀다.

"마나베, 통역은 수배됐나?"

"네. 현장에서 직접 합류하기로 했습니다."

"그럼 됐어. 이만 갈까."

카오루는 비서를 대동하고, 토우코에게 눈길 한 번 주지 않은 채로 식당을 빠져나갔다.

토우코는 카오루의 뒷모습에서 조용히 시선을 거뒀다. 그리고 고개를 숙여 식사를 이어나갔다. 오믈렛에 나이프를 가져갔다. 그을린 자국 하나 없는 유채꽃 빛깔 표면에 은색 칼날이 쑤욱 파고들었다.

토우코는 오믈렛을 자르면서 카오루가 제 안에 남긴 감정을 차근차근 검토하기 시작했다.

—화난 건 아니야, 아마도.

—슬픔도 아니야.

—그럼 이건…?

온몸에서 힘이 빠져나가는 듯한….

—허탈감.

완전히 의기소침해진 토우코는 한숨을 푹 쉬었다. 자신의 무력함과 하찮은 입지를 새삼 확인하고 말았다. 그리고 뒤늦게 떠올렸다.

무엇이 됐든, 카오루가 결정한 일에 다른 의견을 제시하는 것만큼 소용없는 일은 없다는 잔인한 사실을.

—하여튼, 새삼스럽긴.

애초에 알고 있던 사실이다. 오늘 아침 오랜만에 하얀 방의 꿈을 꾼 탓에 머리가 좀 이상해졌던 모양이다.

기묘하게도 그 꿈을 꾼 뒤에는 늘 기가 빠진 사람처럼 된다. 주의가 산만해지고 사고력도 떨어진다. 이유는 알 수 없지만. 그래서 이렇게 당연한 사실을 부주의하게 잊곤 한다.

—그 사람에게 난 아무것도 아니야.

토우코는 습득력이 떨어지는 자신에게 다시 한번 그 사실을 일깨워 주었다.

—그 사람에게 가족다운 반응을 기대하면 안 돼. 기대하면 실망할 일 밖에 없으니까.

그는 순수한 지배자다. 토우코의 의견을 들을 생각 따윈 애초에 없다. 왜냐하면 집 안의 모든 결정권은 오직 카오루만 갖고 있기 때문이다. 고려할 필요가 없는 타인의 의견은 그저 잡음일 뿐이다. 카오루는 혼자 생각하고 홀로 결정한다. 모든 것을 뜻대로 한다. 그에게 토우코는 기호(記號)다. 카오루는 아오이 가문의 미래의 데릴사위였다. 토우코는 공식적인 자리에서만 그의 옆에 서서 카오루의 사회적 지위를 보증한다. 소위 금빛으로 빛나는 트로피 같은 것이다. 그래서 카오루가 토우코에게 기대하는 것은 딱 하나뿐이다.

그저 살아 있는 것.

매일매일 카오루와 함께 하는 생활을 돌이켜보면, 그에게 있어 토우코의 가치는 그 이상도, 이하도 아니었다.

이상한 모습이나 언동을 보이면 난감하겠지만, 어쨌든 존재만 하면 된다. 약혼자가 어떤 생각을 하는지, 무엇을 원하는지, 그런 것은 그에게 전혀 중요하지 않다. 필요한 시간에 필요한 장소에서 장식품처럼 있어주기만 한다면.

사용인인 키와가 받쳐주는 우산 속에서 토우코는 자동차의 좌석에 미끄러지듯 올라탔다.

여름 원피스의 자락을 무릎 아래로 모아 넣고 양다리를 가지런히 모아 재빨리 차 안으로 올렸다. 가느다란 스트랩이 달린 구둣발을 정위치에 놓은 뒤, 토우코는 살짝 머리를 기울였다. 세일러 칼라에 걸렸던 짧게 땋은 머리가 어깨에서 스르륵 떨어졌다.

"다녀오겠습니다."

키와가 깊이 허리를 숙이며 문을 닫아주었다. 차가 출발했다.

토우코는 유리창에 뽀얗게 서린 김을 손끝으로 닦아내고 밖을 구경했다.

뿌연 안개비 속에, 장미정원에 둘러싸인 멋진 서양식 저택이 수채화처럼 흐릿하게 보였다. 물방울이 방울방울 달라붙은 차창 너머로 보이는 아오이 저택은 마치 동화 속의 작은 성 같았다. 붉은 슬레이트 지붕과 돌담벽. 비가 쏟아지는 하늘에 탑처럼 우뚝 솟은 고루(高樓)가 점점 작아진다.

아오이 가문의 저택은 신식을 좋아하는 토우코의 아버지가 결혼과 동시에 건축한 서양풍 주택이었다. 새삼 다시 보니 저택의 외관이 정말 옛날이야기에 나오는 성 같아서 현실감이 없었다.

토우코의 부모님은 그런 동화 속 성의 주인에 어울리는, 아주 사이 좋은 부부였다. 서양풍을 선호하는 취향은 부부가 똑같았기에, 저택뿐만 아니라 아오이 가문의 일상은 하이칼라 스타일의 물건이나 행사로 화려하게 물들어 있었다.

여기에는 우선 무역상이라는 아버지의 직업이 크게 영향을 미쳤다.

백작가의 차남이었던 아버지, 아오이 시로는 상업학교를 졸업한 뒤, 왕도에서 차린 식품수입 사업을 순조롭게 성공시켰다. 앞서의 전쟁이 점점 흘러간 과거가 되는 세상에서, 호화로운 기호품은 도시인들의 관심을 끌기에 안성맞춤이었다. 마침 그때부터 호경기 바람이 불어, 아버지의 사업은 승승장구했다—는 이야기는 나중에 키와에게 들어서 알고 있다.

그러나 아쉽게도 토우코는 당시의 생활을 거의 기억하지 못한다. 남아 있는 거라곤 한 장의 그림 같은 단편적인 장면들뿐이다.

가령 집안 사람들과 함께 사이쿄의 벚꽃 명소에 꽃놀이를 하러 갔을 때. 옅은 복숭아빛 꽃잎이 구름처럼 물빛 하늘을 뒤덮고 있었다. 해수욕. 데일 듯이 뜨거웠던 모래. 여름의 끝. 새하얀 서리가 내린 정원에서 가을 풀을 쌓아두던 어머니. 별들이 반짝반짝거리던 크리스마스 트리. 그리고 매일 가졌던 티타임. 언제나 먹었던 과자의 추억.

아오이 가문의 티타임엔 반드시 서양과자가 함께 했다. 버터쿠키, 초콜릿, 아이스크림 등 외국 이름의 과자는 저택에 놀러 온 토우코의 어린 시절 친구들에게 신기함과 기쁨을 안겨주었다.

특이했던 것은, 어머니인 쿄코는 그 시절의 부인치고는 드물게 평소에도 양복 차림으로 지냈다는 점이다. 친정이 사이쿄의 큰 포목점이었는데도, 기모노는 거들떠보지도 않고 외국인 거리의 양품점에서 취급하는 원피스나 세련되고 예쁜 디자인의 블라우스, 스커트를 일상적으로 착용했다.

어머니의 냄새를 기억한다. 어머니가 애용했던 향수의 이름은 알 수 없었지만, 그 싱싱한 여름 과일 같은 향기를 토우코는 무척 좋아했다.

아버지에 대한 구체적인 추억은 거의 없다. 하지만 아버지의 존재감이 부족해서는 아니었다. 아버지가 집에 계실 때는 저택의 공기가 뚜렷하게 평소와 달랐다. 겨울 새벽의 추위를 닮은 싸늘한 긴장감.

아버지는 엄격한 사람이었던가? 아니었던 것 같다. 아버지에게 야단
맞거나 호통을 들은 기억이 전혀 없기 때문이다.

어쨌든 그런 부모님 슬하에서 토우코가 풍요롭게 자란 것은 일단 확
실했다. 아무리 기억을 바닥까지 박박 긁어봐도 부모님과 얽힌 힘든 기
억은 찾을 수 없었기 때문이다.

좋은 일은 기억에 남기 어려운 모양이다. 마음에 담아둘 필요가 없기
에 마음에 새겨질 일도 없는 것이다. 그런 것이다.

—부모님과 함께 살 때, 난 아주 행복했어.

그런 부모님을 떠나보낸 지 6년이 지났다.

해를 거듭할수록 두 분의 모습은 희미해지고 함께 했던 날들의 기억
은 점점 흩어져간다. 과거는 마치 모래가 손가락 사이로 흘러 떨어지는
것처럼 토우코의 손을 빠져나가, 이제 손바닥 위에 남은 것은 어린 시
절에 부모님께 품었던 애틋한 감정뿐이다.

—난 두 분을 무척 사랑했어.

틀림없이 그랬기에 세세히 기억하지 못하는 것이다.

부모님은 이제 세상에 없다. 그들은 6년 전에 아오이가를 습격한 강
도에게 목숨을 잃었다. 금슬좋은 부부였던 두 사람은 세상을 떠날 때도
함께였다. 그때 토우코는 어디서 무엇을 하고 있었나. 당시 토우코는
12세였다. 죽음을 이해하지 못할 나이는 아니다. 강도 사건을 다른 무
언가와 착각할 나이도 아니다.

그런데 기묘하게도, 토우코는 사건에 대해 아무것도 기억하지 못했
다.

그들을 떠나보낼 때, 토우코는 낯선 범죄자에게 살해당한 부모님을
애도하며 울었던가. 두 분을 잃은 슬픔에 크게 무너져내렸던가.

분명히 그랬을 테다. 그러나 어디까지나 추측일 뿐이다. 토우코는 그때의 일도 역시나 기억하지 못했다. 관에 담긴 두 사람의 얼굴도 기억나지 않는다. 틀림없이 참석했을 터인 장례식의 풍경이 전혀 기억나지 않는다.

―나, 장례식에 가지 않았나?

아니, 그럴 리 없다. 외동딸인 토우코가 부모님의 장례식에 참석하지 않았을 리 없다. 무엇보다 장례식에 불참한 기억조차 없다.

―매정한 딸.

부모님을 잃었어도 크게 불편함을 느끼지 않은 건 사실이었다.

원래 토우코의 시중은 집안일을 담당하는 고참 사용인인 키와가 도맡아 해주고 있었다. 부모님과 함께 한 시간보다 그녀와 보내는 시간이 훨씬 길 정도였다.

그래서인지 죽은 부모님을 떠나보내는 일이 허무할 정도로 쉬웠다.

키와는 사건 이후에도 전혀 변하지 않았다. 완고하리만큼 평소처럼 행동했다. 사건 이전의 생활 습관을 일절 바꾸려 하지 않았다. 동정도, 격려도 하지 않고 오로지 평탄한 길을 걷는 것 같은 태도로 토우코를 대했다.

어쩌면 그녀의 그런 행동 덕분에 슬픔이 오래 가지 않았을지도 모른다.

문득 정신이 들었을 때는 모든 게 정리된 느낌이었다. 어느새 토우코에게 돌아가신 부모님은 이야기 속 등장인물처럼 비현실적인 존재가 되어 있었다.

대사건이었을 부모님의 죽음이 그토록 빠르게 풍화되어버린 것은 아마도 이런 몇 가지 이유가 있겠지만, 그 어느 것도 미야마 카오루라는 존재를 이길 수 없었다.

카오루는 뛰어난 능력과 성실함을 발휘해, 주인을 잃은 아오이가의 경제를 이전과 전혀 다를 바 없는 수준으로 유지해주었다. 사건 직후부터 현재에 이르기까지. 덕분에 토우코의 생활은 그 기반이 되는 물질적 측면에서도 거의 변한 것이 없었다.

카오루는 토우코가 부친에게 상속받은 회사—아오이 무역의 직원이었다. 그리고 앞에서 언급했던 강도 사건의 피해자 유족이기도 했다. 불행히도 카오루의 부친 역시 그날 아오이 저택에서 일어난 강도 사건에 휘말려 사망했다.

재해로 모친을 잃고 형제도 없었던 그는 그날을 계기로 토우코와 같은 고아가 되었다.

당시 카오루는 아오이 무역의 사무직 사원으로 근무하고 있었다. 상업학교를 졸업한 뒤, 당연한 수순처럼 아오이 무역의 사원이었던 제 아버지 밑으로 들어가 일하게 된 것이다.

3년 후, 강도 사건이 일어났다. 그때 그는 젊은 나이답지 않게 빈틈없는 수완을 발휘하며 아오이 가문의 자산 보전과 관리를 완수해냈다. 작년에 토우코의 약혼자로 소개되었을 때 사원들 사이에서 그 어떤 이의도 나오지 않았던 것이 그의 실력을 말해주는 증거다.

카오루가 회사나 상속과 관련된 잡무를 도맡아준 덕분에, 토우코는 양친의 급서라는 끔찍한 위기를 수월하게 극복할 수 있었다.

매일의 생활은 평온하고 한가롭게 이어졌다.

부친의 사업 실패나 급사로 온실 속 화원에서 하루아침에 엄동설한의 황야로 내쫓기는 자녀들의 비극은 흔해 빠진 이야기다. 그러나 다행히도 토우코는 그런 비참한 상황을 피할 수 있었다. 카오루 덕분이다.

토우코 주변의 모든 일들이 알아서 잘 굴러갔다. 그것을 토우코는 그냥 받아들였다.

『내 부모님은 불운한 사고로 세상을 떠났다.』

이제 토우코에게 저 한 문장은 감상적인 문자의 나열에 지나지 않는다. 어느 먼 곳에서 일어난 대사건을 알리는 오래된 신문의 표제처럼.

그래도 가끔은 부모님이나 사건에 대해 생각했다. 그러나 아무리 해도 응당 느껴야 할 슬픔이나 분노를 실감할 수 없었다. 어디까지나 방관자일 뿐이었다. 토우코는 그런 자신을 깨달을 때마다 막연히 한숨을 내쉬곤 했다.

"아가씨는 운이 참 좋으셨지. 그런 끔찍한 사건으로 부모님을 잃은 건 그야 큰 불행이지만, 카오루 님이 계셔서 정말 불행 중 다행이었지 뭐람. 덕분에 아가씨는 사기를 당하거나 험한 일을 겪지 않고 재산도 저택도 완벽하게 지키셨으니까. 요즘 같은 세상에 물정 모르는 분이 혈혈단신 세상에 내던져지면 어떤 나쁜 놈 손에 굴러떨어질지 모른다고.

나도 카오루 님이 아가씨 후견인이 되어주셨으니 마음을 푹 놓을 수 있는 거지. 언젠가 부군이 되어주신다면 더 이상 바랄 게 없다니까. 정말이지, 두 분은 운명이야. 마님도, 주인님도 틀림없이 저승에서 가슴을 쓸어내리고 계실 거야."

몹시 시끄러운 혼잣말이었다.

키와는 이따금 이렇게 큰 소리로 말하며 토우코의 행운을 확인했다. 가령 기분 좋은 휴일 오후, 거실에서 느긋하게 차를 마시거나 할 때. 마치 스스로에게 주입하는 것처럼.

솔직히 피곤했다. 카오루의 도움을 받고 있는 부분은 키와가 군이 일깨워주지 않아도 토우코 본인이 누구보다 잘 알고 있기 때문이다.

분하게도 키와의 말은 반론의 여지 없는 사실이었다. 토우코의 생활은 카오루 덕분에 유지된다. 토우코를 기호처럼 취급하는 카오루를 욕

할 자격이, 토우코에게는 없다. 토우코에게도 카오루는 '보호자'라는 기호에 지나지 않기 때문이다.

그에게 토우코가 있어야 하는 것처럼, 미야마 카오루 역시 토우코에게 없어서는 안 되는 존재였다.

2

"후지코가 이달 말에 자퇴한대."

토우코의 귓전을 덮은 졸음 비슷한 정숙을 조용히 깨는 목소리였다.

쥐죽은 듯 고요한 자습실, 탁상등이 뿜어내는 노란 빛이 연필을 쥔 손을 밝게 비추고 있다. 외국어 받아쓰기에 몰두하고 있던 토우코는 눈을 들어 비밀스러운 속삭임을 건넨 이의 얼굴을 봤다. 몸 반쪽을 역시나 노란 탁상등 빛으로 물들인 요모타 키쿠코가 안경 너머로 진지한 눈빛을 쏘고 있었다. 한껏 죽인 목소리는 자습 중인 다른 학생들을 배려한 것이다.

토우코는 일어나서 키쿠코의 자리 옆으로 바짝 의자를 당겼다. 그리고 키쿠코처럼 소리를 낮추어 물었다.

"후지코도 역시… 그런 거야?"

이 극단적으로 간략화된 물음은 후지코의 자퇴 이유를 확인하는 것이다. 즉 결혼, 혹은 약혼이 결정된 거냐. 상대는 누구냐. 결혼식은 언제냐. 그와 같은 내용이 이 한 마디에 모조리 응축되어 있다.

내부의 다양한 상황들을 암호나 단축어로 표현하는 건 친한 사이에 따라다니는 달콤한 즐거움이다. 토우코가 다니는 학교인 카이세이 여학원 학생들 사이에서도 대화나 정해진 문구의 축약이 즐겨 애용되는 중이었다.

카이세이 여학원은 항만사업자, 무역상, 해운, 금융업자 등등, 일대의 유복한 가정의 자녀들이 입학하는 사립 여학교다.

키타노 서단에 위치한 자그마한 산 중턱에 새하얀 3층 높이의 교사가 우뚝 서 있다. 강당과 식당, 예배당이 부속된 건물군은 호화로운 서양식 건축이면서도 중후한 느낌보다는 밝고 쾌활한 인상을 주었다. 눈 아래로 항만도시가 내려다보이는 입지에 걸맞은, 경쾌한 분위기의 여학교였다. 유복한 소녀들을 위한 사치스러운 놀이터라 할 만한 시설이었고, 실제로 이 학교가 학부형에게 요구하는 수업료의 액수도 파격적이었다.

토우코의 물음에, 키쿠코는 미간을 찡그리며 아쉬운 듯 고개를 끄덕였다. 그 몸짓이 의미하는 바는,

—결혼, 불쌍해!

이다.

"아깝다. 학생으로 지낼 수 있는 날이 아직 반년도 넘게 남았는데 그만둬야 한다니."

키쿠코가 안쓰럽다는 투로 말했다.

"그래서… 후지코는 뭐라고 해?"

"딱히. 이미 결정된 일인걸. 부모님께 반항해봤자 어떻게 될 것도 아니고, 그냥 시키는 대로 얌전히 따르지 않을까?"

"그건 그러네."

한숨을 쉬며 중얼거린 토우코와 키쿠코는 나란히 쓴웃음을 지었다.

동그란 얼굴을 가진 키쿠코는 웃으면 복스러워 보인다. 그러나 그 얼굴에 문득 우울한 그늘이 드리워지며 웃음이 사라졌다.

"학교를 다니는 건 즐겁지만 가끔 불안해질 때가 있어. 정숙, 순종, 인내. 순결하게, 사랑스럽게, 아름답게. 솔직히 이런 걸 배워서 어디에

쓰는지 모르겠거든."

"미래의 남편에게 사랑받기 위해 도움이 되지 않을까? 남편에게 순종하고 가정에 헌신하고 나라와 국왕에게 충성을 다하고, 건강한 아이를 잔뜩 낳아 기를 것. 윗사람에게는 어떤 일이 있어도 대들지 않고, 사랑받기 위한 교육… 이겠지."

"그런 얘기가 아니야. 현실적으로 나에게 도움이 되냐는 거지.

여자는 결혼하면 자신에게 속한 모든 권리와 재산이 남편에게 넘어가잖아. 우린 남편의 애정—이랄까, 양심에 매달려 살아가는 길밖에 없는 무력한 존재가 되는 거라고. 어떤 부잣집 마님이라도 예외는 없어. 가장은 가정 안에서 절대자니까."

"맞아."

"맞다니, 토우코, 그게 무슨 뜻인지 알아? 제아무리 보석이나 화려한 옷으로 겉을 꾸며도 속은 빈털터리란 거잖아. 예쁘게 장식한 모습은 그냥 대외 선전이지. 그야 아내가 초라한 행색을 하고 있으면 부끄러우니까. 하지만 다들 현금은 거의 주는 법이 없대. 물건은 늘 외상으로 사고, 청구서가 오면 남편이 정산. 지참금까지 남편이 관리하니, 이거야 마치 돈의 목줄로 묶인 개나 다름없잖아. 가출하고 싶어도 거문고를 뜯거나 시를 짓는 걸로 돈벌이가 될 리 없고. 물론 요리나 재봉도 대충 배우지만 그래봤자 초보자 수준이니, 이러면 급소를 잡힌 거나 마찬가지 아니야? 상대가 어떤 요구를 해도 받아들일 수밖에 없어. 그런데 남편이 악마 같으면 어떡해?"

"망상이 지나치다. 우리 부모님은 무척 사이가 좋으셨는걸."

"정말?"

"응."

"본받고 싶다. 우리 집은 안 그랬거든. 있지, 학교가 우리한테 돈 버는 방법을 가르쳐주지 않는 건 의도적인 걸까? 그럼 여학교는 약자 양성기관이네."

"좋네. 모든 걸 남에게 맡겨두면 편하잖아. 그렇게 마냥 흘러가면 되는 거지."

"넌 멋진 약혼자 겸 보호자님이 있으니까 그런 말을 할 수 있는 거야."

키쿠코는 토우코의 손에서 빛나는 약혼반지를 힐끗 쳐다봤다.

"난 정말 무서워. 앞으로 어떤 이상한 결혼상대를 데려올지 모르는 거잖아."

"하지만 다들 그렇게 결혼하지 않나?"

토우코의 말에, 키쿠코는 무섭도록 심각한 표정을 지었다.

"나, 시댁 우물에 몸을 던진 여자를 둘이나 알아."

"하지만 그런 경우는 흔하진 않잖아."

"많으면 큰일이지."

"그러니까 넌 스스로 돈을 버는 사람이 되고 싶은 거야?"

"맞아. 난 내 힘으로 날 먹여 살리고 싶어. 그럴 수 있는 사람이 되고 싶어. 직업이 필요해. 돈은 주조된 자유라는 말도 있잖아."

"위험한 말을 하네. 이 나라에서 자유롭게 살려면 아주 비싼 값을 치러야 해. 남자도 그러니 여자는 말할 것도 없지."

"알아. 하지만 난 포기 못 하겠어. 호사를 바라지도 않고 하녀도 필요 없어. 그냥 건강하고 소박한 생활이면 돼. 적당히 일하고 적당히 삶을 이어갈 수 있는—세상은 왜 그렇게 만들어지지 않은 걸까. 남자에게도 여자에게도, 존경할 수 없는 남편에게 말대꾸 한 마디 못하고 상전처럼 모셔야만 하는 삶이 당연한 거라니, 너무 이상해. 난 결혼이 싫은 게 아니야. 결혼이란 제도를 나쁘게 생각하지도 않고. 존경할 만한 상대라면 기꺼이 할 거야. 몸이 가루가 되도록 헌신해도 좋아. 하지만 그런 상대를 어떻게 찾느냐 말이지."

키쿠코가 지나치게 심각해 보여서, 토우코는 저도 모르게 웃어버렸다. 그 바람에 키쿠코는 더욱 분개했다.

"토우코. 장난이 아니라고."

"그런 게 아냐. 키쿠코는 참 대단하다, 생각했을 뿐이야. 난 그런 고생을 할 각오가 안 되어 있거든. 이상을 추구하는 건 정말 힘이 필요해."

"네에네에, 압니다. 네가 현 상태에 아주 만족하고 있다는 거. 들어봐. 그런 걸 두고 사람들은 행복한 바보라고 해. 넌 반발할 필요를 느낄 필요가 없을 만큼 운이 좋은 거야. 너무 행복한 일상에 권태를 느껴서 인생을 통달한 기분이 된 것뿐이라고."

"그런가?"

토우코는 오늘 아침의 식탁 풍경을 떠올리며 희미하게 웃었다.

오전에 천둥을 동반하며 거세게 내린 비는 오후가 되자 잠잠해졌다. 낮게 깔린 먹구름의 잿빛이 조금 옅어지고, 구름 조각 사이로 가끔씩 비치는 햇빛이 가느다란 선처럼 젖은 땅을 비추고 있었다.

월요일 마지막 수업은 9개월 후에 열릴 졸업식을 위한 찬미가 합창 연습이 예정되어 있었다. 음악교실로 가는 통로는 동관의 2층에 동서 방향으로 곧고 길게 뻗어 있다.

통로를 따라 나란히 있는 창문으로 들어오는 옅은 햇빛 속에서, 학생들은 작은 새처럼 웃거나 수다를 떨며 이동했다.

토우코는 그런 소녀들의 흐름에 섞여 걸어가다 무심코 창밖을 쳐다봤다. 내려다보이는 창 아래는 주차장이었다. 잔디로 둘러싸인 뜰 안에서 유일하게 흙바닥을 드러낸 그곳에는 자동차들이 드문드문 세워져 있었다.

문득 차 한 대가 눈에 띄었다. 토우코는 놀라서 반사적으로 눈을 피했다. 그리고 암담한 기분으로 통로 쪽으로 시선을 되돌렸다. 그것은 토우코를 위해 대기 중인 아오이 가문의 자동차였다.

이 학교는 자가용을 이용해 등교하는 학생이 다수파를 차지하고 있다. 버스나 도보로 다니는 학생이 아예 없는 것은 아니지만 극소수다. 하지만 아가씨를 모셔다드린 뒤에도 돌아가지 않고 수업이 끝날 때까지 차를 대기시키는 경우는 제법 드문—정도가 아니라 거의 없었다.

대체 무슨 이유에선지는 모르지만, 이것도 카오루의 지시였다. 원래 토우코가 학교를 다니는 것에 크게 반대했던 카오루였다. 학교에 다니지 못하게 하면 창밖으로 몸을 던지겠다고 협박해서 간신히 얻어낸 양보가 이 죄수 호송이나 다름없는 엄중한 자가용 통학이었다. 이건 도를 지나친 과보호다. 적어도 토우코는 그렇게 생각했다.

토우코는 짜증스럽기도 하고 지긋지긋하기도 한, 아무튼 불쾌한 기분을 벗어나기 위해 매일 끈질기게 자신을 기다리는 자동차의 잔상을 머릿속에서 몰아냈다.

카오루는 토우코가 외출하는 것을 몹시 싫어한다. 그래도 피치 못할 경우에는 반드시 사람을 딸려 보낸다. 그리고 도저히 상황이 여의치 못할 때를 제외하면 그 역할은 언제나 키와의 몫이었다.

그래서 18세가 된 지금까지 토우코는 혼자서 외출해본 적이 없다. 요즘 세상에 왕족의 아가씨도 아니고—라며 반발해보았지만, 호소를 들어줄 사람도, 이길 방법도 없었다.

그래도 초반에는 카오루의 지배에 뚜렷한 반항의 의지를 드러냈다. 그러나 시간이 흐를수록 점점 저자세가 되어 끝내는 저항을 포기—한 척하게 되었다.

숨 막히는 압박감. 아오이 가문의 자동차는 지금도 벗어날 수 없는 운명처럼 토우코를 감시하고 있다—고 느꼈다.

토우코는 고개를 절레절레 저었다.

최근 비 오는 울적한 나날이 계속된 탓일까. 평소와는 다르게 속이 끓었다. 마음속에서 아우성치는 불만의 목소리가, 반항심의 파도가 크게 꿈틀거리며 높이 솟아올랐다.

—자유롭게 거닐고 싶어.

그 주체할 수 없는 충동을—그날만큼은 도저히 억누를 수 없었다.

토우코는 우뚝 멈춰 섰다.

그리고,

"나, 갈래."

별안간 알 수 없는 말을 하는 토우코를, 옆에서 나란히 걷던 키쿠코가 어리둥절한 표정으로 쳐다봤다. 그리고 황당하다는 투로 말했다.

"응? 어딜? 음악실은 지금 가고 있는 중이잖아."

"그게 아니고…."

"이상한 말을 하네. 그럼 어디로 간다는 건데?"

"어디든."

토우코의 대답에 키쿠노는 입을 쩍 벌렸다. 그녀는 뭔가 대꾸하려다, 적절한 말을 찾지 못하고 입만 벌린 채로 굳어버렸다.

어안이 벙벙해져 있는 키쿠코에게, 토우코는 들고 있던 보면을 떠안겼다.

"이거, 좀 맡아줘."

그리고 몸을 휙 돌려 뒤도 보지 않고 걷기 시작했다. 최대한 빠른 걸음으로 통로를 되돌아갔다. 역방향으로 스쳐 가는 소녀들중 몇몇이 의아한 얼굴로 토우코를 돌아봤다. 그들의, 귀신이라도 본 듯한 표정에 토우코는 웃음이 나오려 했다.

도망의 기쁨. 건전하지 못한 흥분감이 방금까지 우울하기 짝이 없었던 기분에 놀랍도록 생기를 되찾아주었다. 자유를 향한 예감과 기대가 토우코의 다리를 점점 빠르게, 가볍게 만들어주었다.

토우코는 그제야 울리는 수업 시작종을 무시하고 포치로 이어지는 중앙 계단을 뛰어 내려갔다. 두 팔로 힘껏 유리문을 밀어 열고 뒤뜰로 나갔다. 젖은 초목의 냄새가 비의 잔향과 하나로 어우러져 학교를 뛰쳐나간 토우코의 몸을 가볍게 안아주었다.

비의 무게에 쏟아져 내릴 것 같은 먹구름 아래를 성큼성큼 걸어, 토우코는 뒷문을 빠져나갔다. 그리고 시가로 이어지는 길을 내려갔다. 눈 아래로 습기 찬 모노크롬의 거리가 펼쳐져 있었다.

어둡고 축축한 회색 풍경. 그럼에도 그 광경을 홀로 내려다보는 토우코의 마음이 한없이 설렜다. 작은 언덕의 비탈에 선 자신만이 이 단색의 세계에서 유일하게 선명한 색을 띤 존재처럼 느껴졌다.

돌바닥을 밟고 앞으로 나아갔다. 발밑에서 구두 굽 소리가 높이 울린다. 유행가를 흥얼거린다.

―난 어디든 갈 수 있어.

토우코는 눈앞이 핑 도는 듯한 자유의 감각을 움켜쥐었다.

토우코는 어디에도 갈 수 없었다.

꿈과 똑같았다. 눈앞에 하얀 벽은 없지만, 보이지 않는 벽이 토우코를 가로막고 어디로도 보내주지 않았다.

토우코는 낯선 거리 풍경 한복판에서 어쩔 줄을 모르고 서 있었다.

잠시의 흥분이 지나가자, 주체할 수 없는 불안감만 남았다. 나아갈 길을 고르다 고르다 지쳐서. 막다른 곳에 몰려서.

대기 중인 자동차를 따돌리고 마음 내키는 대로 자유로운 시간을 만끽하려 했던 토우코의 작은 계획은 허무하게 꺾여버렸다. 혼자만의 외출에 익숙지 못한 토우코에게는 너무나 거대한 모험이었다.

토우코는 자신의 변덕과 경솔한 행동의 대가에 뒤늦게 심각한 타격을 받고, 길가에 우뚝 선 전봇대를 올려다보았다. 기둥 중간쯤 붙은 표식에 모토마치라는 지명이 보였다.

—모토마치?

모르는 지역이었다. 아니, 지명은 알고 있다. 통학로 중간에 있는 동네이기 때문이다. 그러나 자동차 안에서 구경하기만 했을 뿐인 지역을 안다고 할 수는 없다. 한 번도 내려서 걸어본 적 없는 거리는, 토우코에게 외국의 거리나 다름없었다.

그러나 이제 와서 길을 모르는 것을 문제삼아 봤자 뾰족한 수가 나는 것도 아니다. 그렇다면 일단 자택이 위치한 방향—동쪽을 향해 나아가는 수밖에.

토우코는 부지런히 걸음을 재촉하는 행인들의 흐름을 따라 용감하게 걷기 시작했다. 남들의 의심을 사지 않도록 최대한 태연하게. 익숙한 척하려고 노력하며.

하지만 불안해서 자꾸 주위를 두리번거리게 된다. 걸음을 옮기는 행동이 뻣뻣해진다. 그래서 우연히 길 건너에서 버스 정류장을 발견했을 때, 토우코는 안도한 나머지 그 자리에 주저앉을 뻔했다.

한때 버스 통학을 노렸던 토우코였다. 거기서 동쪽으로 가는 버스편에 타면 저택 앞의 큰길까지 갈 수 있다는 것을 알고 있었다.

토우코는 구사일생의 기분으로 마음이 들떴다. 즉시 달려가려 했다. 그러나 힘차게 뻗으려던 발이 우뚝 멈춰버렸다.

현금이 없다는 사실이 떠올랐기 때문이다.

토우코는 평소에 지갑을 갖고 다니지 않았다. 물건을 구입한 비용은 언제나 동행—키와가 지불했다. 따라서 혼자라면 버스 요금을 지불할 돈이 없다. 애초에 버스를 탈 일이 없으니 가진 돈이 없는 것 자체는 딱히 이상한 일이 아니지만, 어쨌든 지금은 버스에 타는 방법만은 포기하는 수밖에 없었다.

크게 낙담한 토우코는 다시 걷기 시작했다.

걷다보니 큰길이 끊기고 주택가가 나왔다. 즉시 길을 잃었다. 미로처럼—적어도 토우코의 눈에는 그렇게 보였다—복잡하게 얽힌 길을 왔다 갔다 했다. 그러는 사이에 방향을 잃었다. 문득 정신을 차려보니 아직 때도 아닌데 주변이 꽤 어두웠다. 비 냄새가 짙어졌다.

곧 먹구름 속에서 굵직한 빗방울이 떨어졌다. 차가운 물방울이 토우코의 머리와 뺨을, 어깨를 툭툭 적셔갔다.

시작부터 거세게 내린 비는 하얀 베일 같은 막이 되어 지상을 넓게 뒤덮기 시작했다. 밀도를 더해가는 빗발 속에서 토우코는 쫓기듯이 뛰었다. 비를 피할 만한 곳을 찾아 급히 주위를 둘러보았다.

흙탕물이 마구 튀어 원피스 자락을 적셨다. 앞머리 끝에서 연신 떨어지는 물방울이 짓궂게 토우코의 눈앞을 가렸다.

겨우 한 상점의 처마 밑으로 뛰어들었을 때는 물속에서 빠져나온 사람처럼 흠뻑 젖어 있었다. 머리 위의 처마 끝에서는 빗물이 가느다란 폭포가 되어 떨어진다. 비는 그칠 기색은커녕 점점 거세질 뿐이었다.

그래도 토우코는 비가 조금이라도 빨리 그치기를 기대했다. 그러나 기다리는 동안 자꾸 몸에 오한이 들기 시작했다.

여름이 코앞인 계절이지만, 으스스한 장마철 날씨에 물에 빠진 생쥐 꼴이 되었으니 당연한 결과였다.

─추워 죽겠어.

결국 막다른 곳에 몰린 토우코는 고개를 떨어뜨렸다. 떨림이 멎지 않는 몸을 양팔로 꼭 끌어안고 눈을 감았을 때, 누군가의 목소리가 들려왔다.

"손님, 설마 이제 와서 우산이 필요하다고 하시진 않으시겠지요?"

눈을 뜨고 고개를 드니, 커다란 박쥐우산이 눈앞에 있었다. 그 아래로 보이는 것은 하얀 커터 셔츠와 검은 바지. 반소매 셔츠 밑으로 쑥 뻗은 팔 하나는 습기에 쭈그러든 갈색 종이봉투를 들고 있다. 비에 젖은 맨발은 아직 새 것 같은 왜나막신을 신고 있다.

우산 끝이 쑥 들리고 말끔한 소년의 얼굴이 나타났다.

"보아하니 우산을 사셔도 때가 늦은 것 같네요. 제가 좀 더 빨리 돌아왔다면 좋았을 텐데."

그렇게 말하면서 소년은 바지 주머니에서 열쇠를 꺼냈다. 습기 때문에 뻑뻑해진 유리문을 덜컹거리며 당겨 열더니, 토우코를 돌아봤다.

"가게를 비워 죄송합니다. 일단 들어오세요. 차라도 드릴 테니."

"아, 미안해요. 전 손님이 아니에요."

자신이 아무 생각 없는 빈털터리란 사실을 뼈저리게 실감하는 중이었던 토우코는 급히 해명했다.

"손님이 아니어도….."

요미사카는 어깨를 으쓱하며 웃었다.

"흠뻑 젖은 숙녀를 처마 밑에 세워두는 건 좀 그렇지 않을까요?"

소년은 요미사카 히카루라고 했다.

밖에 '요미사카 철물점'이라는 간판이 세워져 있는 걸 보면 이 집 자식이 틀림없다. 가게 안에 어른의 모습은 보이지 않았다. 이제 막 중학교에 올라갔을까 싶은 나이로 보이는데, 가게를 통째로 맡겨둔 모양이다. 토우코는 감탄하며 머리를 숙였다.

"저는 아오이 토우코라고 해요."

토우코가 이름을 말하자, 소년은 깜짝 놀라며 토우코를 보았다. 심지어 토우코의 얼굴을 뚫어져라 쳐다보기까지 했다. 그냥 얼굴을 본다, 라는 단순한 행위가 아니었다. 눈동자 속을 들여다본다. 마치 깊은 우물 속에 떨어진 무언가를 찾는 듯한 묘한 눈빛으로, 소년은 토우코를 보고 있었다.

"…무슨?"

심상치 않은 시선을 견디지 못하고 토우코가 묻자, 요미사카는 그제야 토우코의 얼굴에서 눈을 뗐다.

"아니요, 아무것도 아닙니다. 토우코 씨는 카이세이 여학원의 학생이시죠?"

소년의 말투는 매우 친근했다. 마치 오랜만에 재회한 친척을 대하는 듯한 허물없는 태도에, 토우코는 저도 모르게 얼굴이 달아올랐다.

─이상한 아이네. 남의 얼굴을 뚫어져라 쳐다보지 않나. 그나저나 내가 카이세이 여학원 학생인 건 또 어떻게 알았담.

토우코는 자신의 신분을 쉽게 맞히는 소년에게 깊은 의심을 품지 않을 수 없었다. 그러나 잠시 후 제가 입은 교복 때문인 것을 깨달았다. 교표가 수놓아진 옅은 푸른색 원피스에 하얀 세일러 칼라. 검은 가죽구두. 확실히 이 복장이라면 달리 착각할 여지가 없다.

토우코는 애써 웃으며 고개를 끄덕였다. 그렇게 미칠 것 같은 어색함을 견뎠다.

하지만 더 이상의 대화는 이어지지 않았다. 이럴 때는 무슨 말을 해야 하나. 어떤 행동을 해야 하나. 온실 속 화초인 토우코는 그런 걸 배워본 적이 없다.

애초에 저보다 어린 남자를 이렇게 정면으로 마주한 것도 처음이었다. 토우코는 행동범위가 워낙 좁았다. 자택과 학교 사이를 자동차로 왕복하는 게 고작이니 당연히 접하는 사람도 한정적이다. 키와를 비롯한 저택의 사용인이나 여학생—제 또래 소녀들이 고작이었다.

토우코의 일상에 등장하는 남성은 카오루가 유일하다시피 했지만, 그와도 제대로 된 교류를 나누지 못한 지 오래였다.

변덕스러운 반항심에 몸을 맡긴 대가로 감당하게 된 이 어색함 앞에서 토우코는 시종 어찌할 바를 모르고 있었다.

한편 요미사카는 토우코를 그 자리에 세워두고는 혼자 잽싸게 안으로 사라져버렸다. 덕분에 토우코는 한동안 빗물을 뚝뚝 흘리며 가게 안에 우두커니 서 있어야 했다.

이윽고 다시 나타난 요미사카는 여전히 아주 친절한 태도로 토우코에게 말을 건넸다.

"그럼 들어와서 옷을 벗으세요."

토우코는 하마터면 기절할 뻔했다. 그러나 통로에서 얼굴을 내민 소년의 품 안에 유카타와 수건이 든 쇠대야가 들려 있는 것을 보고, 이번에는 자신의 저속한 오해에 얼굴이 화끈해졌다.

친절한 소년이 토우코를 위해 갈아입을 옷을 마련해온 것 같았다.

"아까부터 얼굴이 빨개요. 감기 걸리기 전에 어서요."

그의 재촉에, 정말로 손과 발이 한꺼번에 나갔다.

유카타로 갈아입고 젖은 머리를 풀어 수건으로 감싸자, 흡사 목욕이라도 하고 나온 모습이었다. 화사함 따윈 일절 없는 줄무늬의 남성용 유카타였지만, 방금 전까지 걸치고 있던 젖은 옷에 비하니 더없이 쾌적

했다.

"죄송해요, 집에 여자 옷이 없네요. 저희 집은 옛날부터 식구가 남자들뿐이라"라고 사과하며, 소년은 그것을 내밀었다. 새것은 아니지만 깨끗하게 빨아서 풀을 먹이고 다림질까지 되어 있었다.

이렇게 되면 죄송한 쪽은 오히려 토우코였다. 그러나 흠뻑 젖은 꼴로 남의 가게에 마냥 서 있을 수도 없어, 토우코는 염치 불고하고 유카타가 담긴 쇠대야를 받아들었다.

8조 방의 문을 닫아두고 토우코가 옷을 갈아입는 동안, 요미사카는 부엌에서 차를 준비하는지, 주변에 호지차의 향기가 그윽하게 감돌았다.

"친절을 베풀어주셔서 감사합니다."

토우코가 공손하게 인사하자, 요미사카는 고개를 저었다. 그는 밥상 위에 찻잔과 풀빵을 내려놓고 토우코의 맞은편에 앉았다.

"식기 전에 드세요."

그의 권유에 집어든 풀빵은 아직 따끈했다. 아마 소년은 이 풀빵을 사러 잠시 가게를 비웠던 모양이다. 기둥에 걸린 시계가 3시 직전을 가리키고 있다. 아무래도 그의 간식 시간을 방해한 것 같다.

토우코는 요미사카의 지나친 친절에 민망하기도 하고 죽을 지경이었다. 옆에 둔 쇠대야 안에 담긴 비에 젖은 교복이 마치 주인처럼 축 늘어져 있었다.

뜨거운 호지차와 달콤한 팥소가 든 풀빵은 비참한 심경이었던 토우코를 다정하게 구해주었다. 얼어붙는 것 같았던 몸도 곧 따뜻해졌다.

"그나저나 토우코 씨는 어쩌다 그렇게 비를 맞은 거예요?"

인사를 마친 뒤, 요미사카는 궁금해 죽겠다는 듯이 그렇게 물었다. 토우코는 먹던 풀빵이 목구멍에 걸릴 뻔했다. 너무 멍청한 이유라서.

토우코는 잠시 대답을 주저하다 결국 솔직하게 털어놓았다.

—그는 나를 전혀 모르는걸.

그렇게 생각하니 바보 같은 실패담도 가벼운 마음으로 말할 수 있었다. 그러자 철물점 안의 소박한 8조 방도 너무나 아늑했다. 뭔가 내려 놓은 기분이었다. 단순하고, 보이는 그대로고, 쓸데없이 신경 쓸 필요가 없는—그 느낌을 말로 표현하긴 어렵지만, 어쨌든 아오이가에 늘 정체되어 있는 그림자 같은 압박감과는 정반대의 공간이었다.

토우코는 속에 고여 있던 나쁜 공기를 토해내듯 사정을 설명하기 시작했다. 요컨대 모르는 장소에서 자신을 모르는 상대에게 이야기하는 것이 생각보다 편했던 것이다.

"흠… 그럼 이런 날에 우산도 없이 학교를 뛰쳐나왔다 길을 잃었는데 비까지 내리는 바람에 오도가도 못 하게 된 건가요?"

"네."

"버스 탈 돈도 없고."

"네."

"와, 정말 재난이네요. 그런데 가족분들은 대체 토우코 씨의 무엇을 그렇게 경계하시는 거죠?"

"네?"

요미사카가 던진 뜻밖의 물음에, 토우코는 눈을 깜박거렸다.

"아니, 그렇게 하루종일 누군가와 함께 있어야 한다는 게… 감시한다는 건 뭔가 이유가 있기 때문이잖아요. 혹시 토우코 씨, 사로잡힌 공주님, 뭐 그런 거예요?"

"설마! 아니에요."

토우코는 펄쩍 뛰며 요미사카의 말을 부정했다. 하지만 내심 일리는 있다고 생각했다. 사로잡힌 공주님이라니, 듣고 보니 절묘하다.

게다가 한심하게도 답답한 생활은 현실에서만이 아니었다. 꿈속에서도 토우코는 '사로잡힌' 존재였다. 어디에도 갈 수 없는 무력한 공주님. 그렇게 생각하니 토우코는 갑자기 자괴감이 밀려왔다.

"하긴, 수인(囚人)이 된 꿈이라면 종종 꿔요. 하얀 방에 갇혀 있는 꿈. 그곳에서 전 혼자예요. 하지만 도무지 그 방에서 나갈 수가 없죠. 그래서 저는 언제까지나 어디에도 갈 수가 없어요."

"오, 그런 꿈을 종종 꾼다고요?"

깊은 흥미를 보이는 요미사카에게, 토우코는 쓴웃음으로 응수했다.

"하지만 그냥 꿈이에요. 현실과는 아무 상관도 없는."

토우코가 후련하게 털어놓고 있을 때, 가게 쪽에서 유리문을 여는 소리가 났다. 그리고 청년의 목소리가 이어졌다.

"실례합니다. 여기 저희 가족이 신세를 지고 있다고 해서."

벌써 토우코를 데리러 사람이 도착한 모양이다.

요미사카가 아오이 가문에 전화로 연락한 지 불과 반 시간 정도밖에 지나지 않았다.

"아, 댁에서 사람이 왔나 보네요."

요미사카가 일어서는 바람에, 토우코도 어쩔 수 없이 일어났다. 밖으로 나가고 싶지 않았다. 들려온 목소리로, 데리러 온 사람이 카오루인 것을 알았기 때문이다.

토우코는 젖은 옷이 든 쇠대야를 두 팔로 안고 일부러 천천히 걸어갔다.

먼저 응대하러 나갔던 요미사카가 카오루와 이야기를 나누고 있었다. 카오루가 감사 인사를 하는 소리가 들렸다. 요미사카가 괜한 말을 할까 봐 조금 걱정이 들었다.

가게 봉당에 내려와 맨발로 젖은 신을 꿰어 신었다. 몇 걸음 걸어가는데 상품 진열대 사이에서 **빼꼼** 고개를 내민 벽보가 눈에 들어왔다. 달필이면서도 아주 읽기 쉬운 붓글씨로 『점, 주술, 퇴마 전문』이라고 적혀 있었다. 언젠가, 어디선가 그 벽보를 본 적이 있는 것 같았다. 기묘한 감각이었다. 가게는커녕 이 동네를 온 것 자체가 처음인데.

─주술과… 철물점.

벽보를 물끄러미 보고 있는데, 불쑥 팔이 잡혔다. 언제 왔는지 카오루가 바로 옆에 서 있었다.

"자, 갑시다."

"…네."

짧게 대답하고, 토우코는 카오루와 함께 밖으로 나갔다. 아직도 비는 억수같이 쏟아지고 있었다.

차 안에서도 카오루의 심기는 편치 않아 보였다. 입을 꾹 다문 채 토우코 쪽으로는 눈길도 주지 않는다. 하지만 그의 신경이 온통 자신에게 향해 있다는 것을, 토우코는 온몸으로 느끼고 있었다.

─이건, 응징인가? 돌발행동을 일으킨 것에 대한?

카오루가 발산하는 불쾌감이 보이지 않는 가시가 되어 몸에 쿡쿡 박히는 느낌이었다. 토우코는 몸을 틀어 차창 밖의 풍경에 정신을 빼앗긴 척했다.

─그나저나.

하필이면 데리러 온 사람이 카오루라니. 정말이지 운이 나쁘다. 회사는 어떡하고? 이 정도 일은 사용인 중 한 명에게 시키면 충분한데. 물론 전용 자동차를 학교에 내버려두고 나온 토우코가 할 말도 아니고, 본인의 잘못인 것도 충분히 알고 있다. 하지만 노골적으로 불쾌한 티를 내는 그의 태도가 아니꼬워서 사과할 마음은커녕 오히려 반감만 들었다.

토우코는 창밖에 시선을 고정한 채 말했다.

"가진 돈이 있었다면 버스를 타고 돌아갔을 거예요. 역시 이런 때를 위해 용돈은 필요한 것 같아."

카오루는 평탄한 어조로 토우코에게 말했다.

"필요 없습니다."

"아니, 필요해."

"차가 있는데 멋대로 길에서 헤맨 건 당신 잘못입니다."

반박의 여지 없는 맞는 말에 눈물이 찔끔 나오려 했다. 울지 말라고 스스로를 타이르는 마음이 대답하는 목소리를 더욱 딱딱하고 뾰족하게 만들었다.

"왜 그렇게 날 싸고 도는 거죠? 마치 감시하는 것처럼."

감시라는 말이 튀어나온 것은 아까 철물점 소년에게 들은 말이 머릿속 어딘가에 남아 있었던 탓이리라. 다른 뜻 없이 한 말이었지만, 카오루는 크게 놀라며 토우코를 쳐다봤다. 그리고 조금 늦게 대답했다.

"감시하려는 의도는 없습니다."

토우코는 입을 다물었다.

그리고 대화는 끊어졌다. 이렇게 되면 결론이 나지 않는 대화가 끝없이 반복된다는 것을 그동안의 경험으로 잘 알고 있다. 두 사람 다. 대화가 쳇바퀴를 돌면 결국 둘 다 입을 다물어버리고 그렇게 대화는 결렬된다. 늘 있는 일이다. 그리고 침묵은 그 후 며칠 동안이나 이어진다. 이 또한 경험상 확실하다. 그걸 알기에 쓸데없는 에너지 소모를 피하기 위해 서로 입을 다무는 것이다.

이럴 때마다 토우코는 의문을 느끼지 않을 수 없었다.

―이 사람은 왜 나처럼 안 맞는 여자와 약혼을 한 걸까.

옛날과 달리, 이제는 연애 결혼도 드물지 않은 시대다. 그게 아니어도 둘 다 부모님이 없는 고아다. 즉 결혼 상대로 누굴 선택해도 반대할 사람이 없다는 뜻이다.

토우코는 저도 모르게 깊은 한숨이 나왔다.

카오루에게 좋아하는 사람—진심으로 결혼을, 인생을 함께 하고 싶은 사람은 없는 걸까.

해질녘 즈음의 시간이었지만 폭우 때문에 저택 안은 한밤중처럼 깜깜했다. 이르게 조명을 밝혀둔 현관 홀에서 겨우 카오루에게서 벗어난 토우코는 부리나케 제 방으로 숨었다.

동남쪽으로 창이 난 토우코의 방은 평소 아주 밝은 편이다. 그러나 햇빛이 부족한 실내는 전에 없이 어둑하고 으스스했다. 계속 내리는 비가 크림색 벽지와 밝은 풀색 융단 위까지 속속들이 회색의 색조를 드리웠다.

토우코는 방의 불을 켜자마자 빌린 유카타를 벗어 횃대에 걸었다.

소녀 취향인 토우코의 방 안에서 벽에 걸린 남자용 유카타가 유난히 도드라져 보였다. 마치 토우코의 방에 놀러 온 요미사카 소년이 불편한 자세로 벽가에 정좌해 있는 것 같다. 그런 공상이 재미있어서 토우코는 조금 웃었다.

불쑥 요란한 노크 소리가 들렸다.

놀라서 돌아보니, 키와가 둥근 어깨로 문을 밀어 열고 방으로 들어오는 중이었다. 살집 있는 두 팔로 간이 석유 스토브를 안고.

"이게 웬일이에요, 아가씨. 오늘 아주 혼쭐이 나셨다면서요?"

키와는 들고 온 스토브를 침대에 걸터앉은 토우코의 바로 옆에 내려놓고 앞주머니에서 성냥을 꺼내 그었다.

짧은 성냥 끝에 불이 확 붙었다. 토우코는 그 불이 스토브로 옮겨지는 것을 물끄러미 쳐다봤다. 스토브의 몸통에 난 작은 창에 주황색 불길이 훅 일더니, 곧 전면이 빨갛게 물들었다.

"감기 걸리시면 큰일나요. 당장 목욕물을 데울게요."

스토브에 불이 붙자, 주변을 뒤덮었던 그림자 같은 냉기가 점점 사라졌다. 빨간 빛이 보기만 해도 따뜻한 느낌이다. 발밑에 고여 있던 스산하고 묵직한 공기도 얼마쯤 가벼워졌다. 아직도 몸 곳곳에 남아 있던 긴장이 그제야 서서히 풀린다.

토우코는 침대가에 앉아 철제 통 안에서 타고 있는 둥근 심지를 멍하니 바라보았다. 점점 졸음이 쏟아졌다. 불이 가까운 탓인지 얼굴이 뜨겁다. 하지만 스토브의 열기가 닿지 않는 등은 추워서 견딜 수 없었다. 아무래도 감기에 걸린 것 같다.

토우코는 약한 오한을 느끼며 부르르 떨었다. 묵직한 두통이 밀려왔다. 불쾌한 잠기운이 토우코의 의식을 어둡게 만든다. 현란한 소용돌이가 눈앞에서 핑핑 돌아, 토우코는 침대에 쓰러졌다.

정신이 드니 토우코는 꿈속에 있었다.

이것이 꿈인 걸 아는 이유는 이 장소를 본 적이 있기 때문이다. 그동안 수도 없이 와봤던, 그 하얀 방.

언제나와 같이 토우코는 그곳에 홀로 서 있었다. 이번에도 상황은 똑같다. 쥐죽은 듯 고요한 사각의 공간을 둘러싼 벽에는 문이 없다. 안전하게 방비된 장소.

하지만 이 날만은 조용히 귓가에 속삭이는 목소리가 있었다.

—나가지 않아?

"안 나가. 여기 있으면 아무 걱정 없는걸."

토우코는 익숙한 평온을 어지럽히려는 나쁜 것을 물리치기 위해 단호하게 외쳤다.

그러나.

동시에 마음속으로는 이렇게 말하고 있었다.

—나갈 수 있어? 그래도 돼?

입 밖으로 나오지 않은 토우코의 물음에, 목소리가 대답했다.

—그럼. 이제 나갈 수 있어. 그러니 출구를 찾아.

그러나 무엇을 어떻게 해야 하는지 알 수 없었다. 방에 출구 자체가 없기 때문이다. 방법이 없다. 토우코는 우리에 갇힌 동물처럼 막힌 공간을 이리저리 돌아다니다 지쳐서 그 자리에 주저앉았다.

—어떡하지.

토우코가 하얀 천장을 향해 물어보았지만, 왜인지 목소리는 더 이상 대답해주지 않았다.

토우코는 희미한 어둠 속에서 눈을 떴다.

방의 조명은 꺼져 있었고, 스토브는 켜진 채였다. 몸통에 난 작은 창 안에서 타오르는 불빛이 실내를 불그스름하게 물들이고 있다.

덩굴장미 무늬의 커튼 너머로 지붕을 때리는 빗소리가 끊임없이 이어졌다.

토우코는 가늘게 뜬 눈으로 천장을 쳐다봤다. 스토브에서 나오는 희미한 빛이 만드는 흐릿한 먹색의 그림자와 붉은 광채가 불길하게 얼룩져 있었다.

목이 뜨겁다. 머리가 무겁다. 숨을 쉴 때마다 가슴이 아프다. 아무래도 감기에 걸린 것 같다.

발밑에서 공기가 움직이는 감각이 일었다. 사람의 기척을 느낀 토우코는 머리를 움직였다. 그러자 의자에 앉아 있던 카오루와 눈이 딱 마주쳤다. 이런 때조차도 카오루는 웃음 한 점 없었다. 그는 시선을 피하더니 의자에서 조용히 일어났다. 토우코의 상태를 묻는 그의 어조는 여전히 사무적이었다.

"기분은 어떻습니까?"

"평소와 똑같아."

이쪽 역시 평소와 똑같이. 붙임성이라곤 일절 없는 말투로 토우코가 대답하자, 카오루는 의외로 안도한 기색을 보였다. 그러나 찰나였을 뿐. 카오루는 이내 표정을 지웠다.

"모습을 보니 그럭저럭 괜찮은 것 같군요. 키와 씨에게 교대를 부탁해야겠군요. 필요한 게 있으면 그녀에게 말하도록 해요."

그리고 방에서 나가려는 카오루를, 토우코는 얼결에 불러세웠다.

"뭡니까?"

카오루가 돌아보았다.

"왜 항상 날 감시하는 거야?"

"딱히, 감시하는 게 아닙니다."

카오루는 냉랭한 눈빛으로 토우코를 쳐다봤다. 길을 잃고 민폐를 끼친 한심한 인간을 나무라는 듯한 어조였다.

"당신은 내 소중한 약혼자입니다. 걱정하는 게 당연하지요."

"아니, 당연하지 않아."

매섭게 따지는 토우코의 흔치 않은 모습에, 카오루는 보란 듯이 한숨을 쉬었다. 잠시 침묵을 둔 후, 들으란 것처럼 발소리를 크게 내며 천천히 토우코의 침대로 다가왔다. 그리고 누워 있는 토우코의 얼굴 바로 옆에 한 손을 짚고 그 위로 거침없이 몸을 굽혔다. 한쪽에 과도하게 걸린 힘 때문에 침대가 크게 기울었다.

"그럼 이 기회에 확실히 말해두지요. 당신 부모님과 내 아버지가 불행한 사고로 세상을 떠난 뒤, 당신이 상속받은 회사의 실무를 내가 떠맡게 된 경위는 당신도 잘 알 겁니다. 나는 사실상 회사 경영을 담당했던 아버지의 직속 부하였기 때문에 벼랑 끝에 몰린 회사를 겨우 끌어올릴 수 있었습니다. 하지만 쉬운 일은 아니었습니다. 힘든 일이 한두 가지가 아니었어요.

그런데, 너무 불합리하지 않습니까? 아무리 회사에 헌신해도 나는 어디까지나 일개 사용인에 불과하니. 당신의 아버지는 회사의 모든 권리를 사랑하는 딸인 당신에게만 남겨주었어요. 회사를 위해 아무것도 한 게 없는데 단지 창업자의 딸이라는 이유 하나로 모든 게 당신 거라니."

카오루는 열과 굴욕감 때문에 얼굴이 벌겋게 달아오른 토우코를 보며 옅은 웃음을 지었다.

"이상하지 않습니까? 회사를 위해 뼈 빠지게 일한 아버지나 악의적인 라이벌들로부터 회사를 지켜온 내게는 그 어떤 권리도 이익도 주어지지 않는다는 게.

뭐, 하지만 그리 어려운 문제는 아닙니다. 당신이 내 아내가 되는 순간 모든 건 깨끗이 해결되니까. 난 내가 응당 받아야 할 재산을 가질 수 있고, 당신은 필요한 보호를 받을 수 있지요. 서로에게 이만큼 이득인 일이 어디 있습니까."

"난 당신이 싫어. 끔찍해."

심장이 멈출 것 같은 혐오감에, 토우코는 충동적으로 외쳤다. 그러나 아픈 목으로 간신히 쥐어짜낸 목소리는 한심하리만큼 가냘펐다. 그게 못내 분해서 있는 힘껏 눈에 분노를 담아 노려보았지만, 카오루는 오히려 즐거운 듯 피식 웃었다.

"그러고 보니 아주 옛날—어린 시절에, 당신은 나를 좋아한다고 했었지요. 그때는 어른이 되면 내 아내가 되겠다고 했는데."

"잘못된 생각이었어. 내가 사람 보는 눈이 없어서. 그리고 그땐 당신이 지금처럼 야비하지 않았어. 그때 우린 정말 많은 대화를 나눴는데. 사소한 일이든 심각한 일이든 뭐든 가리지 않고 솔직하게 털어놓았어. 지금 당신과는 다르지."

토우코는 눈앞의 이 남자를 좋아한다고 고백했던 과거의 어리석음에 절망했다. 이 무례한 남자가 더 이상 이상한 오해를 하게 놔둘 수 없다. 그런데. 목이 아프고 목소리가 갈라져 목소리에 조금도 힘이 실리지 않는다. 토우코는 이를 악물었다. 그리고 생각했다.

—멸치 새끼가 이를 간다, 라는 게 이런 걸 두고 하는 말일까?

토우코는 상대에게 전혀 닿지 못하는 분노를 주체하지 못해 더욱 깊은 절망에 빠졌다. 그런 토우코를 보고서야 카오루는 웃음을 거뒀다.

"상관없습니다. 그리고. 아무 문제도 없습니다. 누구나 타인의 본성을 잘못 볼 때가 있지요. 우리는 각자 자기자신을 위해 결혼하는 거니까. 그러나 당신이 날 좋아하든 싫어하든 그건 중요하지 않습니다. 내게 중요한 건 철저히 주의를 기울여 당신이 어떠한 의미로도 내게서 도망치지 못하도록 하는 것뿐입니다."

"지독한 인간."

그렇게 중얼거리는 토우코의 증오에 찬 시선을, 카오루는 태연한 얼굴로 무시했다.

언제나 그렇듯.

3

"아가씨, 안 돼요. 아직 몸이 회복되지 않았다고요."

그럭저럭 감기에서 회복되어 자리에서 일어난 토우코가 그날 당장 외출 채비를 하자, 가뜩이나 과보호인 키와는 낯빛이 바뀌어 앞을 막아섰다.

"나 이제 멀쩡해. 오랜만에 날씨도 좋은데 밖에 나가고 싶어. 하루 정도는 괜찮잖아. 어차피 내일부터 학교도 가야 할 텐데."

"아니요. 오늘은 아가씨를 방에서 푹 쉬게 하라고 카오루 님이 단단히 분부하셨어요."

"어머."

카오루를 앞세우는 키와에게, 토우코는 내심 발끈했다. 호된 비아냥이 입에서 튀어나왔다.

"키와, 카오루 씨가 날 감시하라고 수시로 명령하나보지? 너도 그 사람 편이야?"

토우코가 굳은 표정으로 조용히 대답을 기다리자, 키와는 어쩔 줄을 몰라하며 당황했다.

"그, 그런 게 아니고요. 그냥 전…."

"그럼 키와도 빨리 준비해. 어차피 나 혼자는 내보내주지 않을 거잖아. 그때 날 도와줬던 철물점에 오늘 꼭 인사를 드리러 가야겠어. 참, 그때 빌렸던 물건은 잘 챙겨뒀지?"

"네. 유카타는 그날 당장 깨끗하게 빨아서 잘 다려두었어요. 하지만 인사라면 굳이 아가씨가 직접 가시지 않아도, 이 키와가 짬을 봐서 갈 테니까—."

토우코는 고개를 저었다.

"아니. 난 직접 인사하고 싶어. 걱정 마, 도망치거나 하지 않을 테니까. 어차피 도망쳐봐야 갈 데도 없는걸. 그때 호되게 당해서 이젠 지긋

지긋해. 그러니까 키와, 이건 평소 때의 외출이랑 똑같아. 평소처럼 감시자인 네가 동행하면 카오루 씨도 뭐라고 하지 않을 거야. 그래도 영 꺼림칙하면 외출한 것 자체를 함구하면 돼."

그날은 그간 흐렸던 날씨가 거짓말이었던 것처럼 아침부터 은은한 햇빛이 비치고 있었다.

장마가 끝난 모양이다. 비가 오다 그치길 수시로 반복하던 하늘이 사흘 만에 납빛 먹구름을 걷어내고 화창하게 개어 있었다. 도로 곳곳에 남겨진 물웅덩이가 칙칙한 잿빛의 맑은 하늘을 거울처럼 비추고 있었다.

토우코와 키와가 나란히 요미사카 철물점 앞에 선 것은 그날 정오를 조금 지난 무렵이었다.

토우코가 유리문을 연 것과 동시에 레일이 드르륵 소리를 내어, 가게 안 계산대에 앉아 있던 소년이 얼굴을 들었다. 문고책을 읽는 중이었던 모양이다. 안에 다른 손님은 없었다.

요미사카 소년은 작은 탁자 위에 책을 덮어두었다. 어서 오세요, 하고 일어서다 엇, 하는 표정으로 토우코를 쳐다봤다. 비 오던 날의 미아를 바로 기억해낸 것 같았다.

"슬슬 오실 때가 되었다 싶었는데."

마치 기다렸다는 듯한 말투였다.

토우코는 당황했다. 감기에 걸리는 바람에 빌린 유카타와 쇠대야를 돌려주지 못한 채 근 열흘이 지나가버린 탓이다.

"저어… 지난번엔 친절하게 대해주셔서 정말 감사했어요. 빌려주신 유카타와 대야를 이제야 돌려드리려 왔습니다. 더 빨리 왔어야 했는데."

"…역시, 감기에 걸리셨나요?"

토우코는 저도 모르게 소년을 쳐다봤다. 어린애라고는 생각할 수 없는 통찰력이다. 역시 어딘가 특이한 아이라고 생각하면서 토우코는 요미사카에게 다가갔다.

등 뒤에서 키와가 뭔가 말하려는 기색을 보였지만 모른 척했다. 토우코는 요미사카의 옆에 서서 그에게만 들릴 만한 작은 목소리로 빠르게 말했다.

"그리고 용건이 하나 더 있어요. 지금, 안에 가족분이 계신가요?"

요미사카는 어리둥절한 표정으로 토우코를 봤다.

"이 집에 사람은 저 하나뿐인데요."

요미사카의 말에, 토우코는 고개를 저었다.

"거짓말하면 못써요. 다 아니까. 봐요, 여기서 점술이나 주술도 취급한다고 저 벽보에 적혀 있잖아요."

기분 탓인지 요미사카의 얼굴이 살짝 어두워진 것 같았다. 미묘한 안색에 어울리는 가라앉은 목소리로 요미사카가 대답했다.

"그렇군요."

"그 말은 곧, 주술 같은 걸 다루는 어른이 계시다는 뜻이잖아요."

"안 계십니다."

"그럼 누가 주술을 하죠? 설마 당신은 아닐 테고. 그럼 외부에서 주술사를 모셔오나요? 그건 곤란한데. 다음에 또 언제 외출이 가능할지 몰라서…."

토우코가 제 사정을 중얼중얼 늘어놓자, 요미사카가 억양 없는 목소리로 말을 끊었다.

"다른 분께 부탁드리지 않아요. 저것도 제 일입니다."

"당신이?"

놀란 토우코의 목소리가 커진 순간, 키와가 재빨리 그 틈을 끼어들었다.

"아가씨, 너무 오래 계시면 영업에 방해가 되니 그만 가시지요. 서두르면 두세 가게는 더 돌아보실 수 있어요. 자, 어느 가게에 가시겠어요? 문방구는 몬쥬야. 방물은 벤텐도나 오토히메야가 좋을 것 같습니다."

자꾸 이동을 권하는 키와를, 토우코는 강력한 미소로 뿌리쳤다.

"괜찮아, 키와. 오늘 용건이 있는 건 이 가게뿐이니까."

그리고 요미사카를 돌아보더니 다시 소리를 낮추어 말했다.

"다시 그 얘기로 돌아가죠. 정말이에요?"

"정말입니다."

거의 무표정인 요미사카의 얼굴을, 토우코는 뚫어져라 쳐다봤다.

"사기꾼, 은 아니지요?"

"사기꾼 아닙니다."

"그럼 좋아요. 당신에게 부탁할 게 있어요."

의심이 깊어 보였던 토우코가 갑자기 시원스레 결단을 내리자, 이번에는 요미사카가 허를 찔린 듯 굴었다. 철수할 생각만 가득한 키와를 힐끗 쳐다보면서 물었다.

"괜찮으시겠어요? 동행분은 한시라도 빨리 여길 나가고 싶은 눈치인데."

소리를 죽여 묻는 그의 관찰이 정확하다는 것을 토우코는 찌푸린 표정으로 인정했다.

—맞아요. 제 주변 사람은 모두 저래요.

말로 하기 꺼려지는 내용을 그 표정으로 고스란히 표현해냈다. 그러나 오늘만큼은 동행이 시키는 대로 따를 생각이 없는 토우코였다. 이

기회를 놓칠까보냐, 하는 결의가 토우코의 눈빛을 진지하게 만들었다.

―걱정 마세요, 어떻게든 할 테니까.

토우코는 요미사카에게 눈짓으로 강력하게 선언한 뒤, 결연히 키와를 돌아보았다.

"키와, 내가 말하는 걸 깜박 잊었는데, 나 전에 이분과 친구가 됐어. 그래서 오늘은 여기서 차를 대접받고 갈 생각이야. 그래서 말인데. 미안하지만 나가서 과자 좀 사다주겠어?"

키와를 따돌릴 그럴싸한 핑계로, 토우코는 키와에게 심부름을 부탁했다. 그러나 키와는 어리둥절한 기색이었다.

"아가씨, 그럴 필요 없어요. 과자라면 여기 많은걸요. 보세요."

키와는 보란 듯이 보자기에 싼 꾸러미를 내밀었다.

―아차.

여러 모로 마음이 급한 나머지 오는 도중에 과자점에 들렀던 것을 완전히 잊고 있었다. 건성으로 고른 과자 상자 안의 내용물은… 로우소쿠야의 서양 구움과자다. 그래, 저건 틀림없는 과자다. 과자 말고는 다른 무엇도 아니다.

"어? 그, 그러네. 그렇구나."

토우코는 크게 당황했지만, 재빨리 둘러댔다.

"사다달라는 게… 꼭 과자라는 건 아니고, 으음… 차도. 과자에는 홍차가 잘 어울리잖아. 사는 김에 찻잎도 샀어야 했는데, 깜박했네."

"그러시면 여기서 자동차로 20분 거리에 홍찻잎을 취급하는 양식당이 있는데―."

"그래?"

토우코는 키와의 말을 덥석 물었다.

"그럼 미안하지만 거기 가서 찻잎 좀 사다주겠어?"

그러자 키와는 어찌된 셈인지 의심의 눈초리를 요미사카에게 돌렸다. 누가 봐도 의심스러운 토우코가 아니라.

"하지만 아가씨를 여기 혼자 두고 갈 순 없어요. 혼자 계시다 무슨 사고가 일어날지도 모르잖아요."

"사고는 무슨. 키와, 내가 학교에 다니고 싶다고 했을 때도 똑같은 말을 했지? 카오루 씨와 한 편이 돼서."

"네, 그랬죠. 정 공부를 하시고 싶다면 집으로 가정교사를 부르면 되는 일이었죠. 그런 번잡한 곳에 굳이 직접 가실 필요 없이―."

"키와, 너까지 날 광에 처박아둔 고물 취급 할 셈이야? 사람은 적당히 밖에 나가 볕도 쐬고 그래야지, 안 그러면 곰팡이가 슬어서 썩어버릴지도 모른다고."

"세상에, 곰팡이가 슬다니, 어쩜 그런 말씀을 하세요. 저희는 그저 아가씨를 위해 좋은―."

"마음은 고맙지만 솔직히 민폐야. 학교는 겨우 허락해줬지만 단 1분도 한눈 팔 새 없이 사람을 붙여두고 딴 길로 새지 못하게 하고, 너무하잖아. 지금만 해도 그래. 고작 몇십 분조차 내게서 눈을 뗄 수 없다면, 내가 납득이 가도록 이유를 설명해줘."

평소와 달리 토우코가 강하게 몰아세우자, 키와는 쩔쩔매며 꾸역꾸역 이유를 쥐어짜냈다.

"실례지만 제가 걱정되는 건 이 도련님이에요. 아무리 신세를 진 분이라 해도, 아가씨를 외간남성과 둘만 있게 하다니, 이 키와는 마음이 놓이지 않아요."

"어머, 키와도 참. 별소릴 다 하네. 요미사카 씨는 친구라고 했잖아. 그리고 이 사람, 아직 어린 아이인걸."

"그건 그렇지만…."

키와가 더 이상 토를 달지 못하자, 토우코는 방긋 웃었다.

"그럼 결정. 찻잎 종류는, 어디… 실론이 좋겠어. 그리고 우유랑 각설탕도 잊지 말고."

키와가 마지못해 가게에서 나간 뒤, 요미사카는 묘하게 흐느적거리는 동작으로 토우코를 안으로 안내했다. 급격히 기력을 잃은 듯한 요미사카가 이상했지만, 토우코는 얌전히 뒤를 따라갔다.

그가 안내한 곳은 지난번과 같은 깔끔하게 정리된 8조 방이었다.

"시간이 없는 듯하니 솔직하게 여쭙겠습니다만, 주술 의뢰는 당신의 그 이상한 감금 상태와 관계가 있나요?"

요미사카의 단도직입적인 질문에,

"글쎄요. 있는지 없는지, 잘 모르겠어요."

라며 토우코는 쓴웃음을 지었다.

"하지만 주술을 부탁하고 싶은 건 현실 문제가 아니고, 환영 쪽이에요. 그러니까 밤에 꾸는 꿈요."

토우코는 요미사카가 가져온 방석 위에 앉으며 말했다.

"꿈에 관한 주술을 원하신다면—밤마다 꾸는 악몽이 괴로워서 그걸 해결하고 싶다는 말씀인가요? 아니면 꿈을 통해 토우코 씨의 미래에 일어날 일을 알고 싶은 건가요?"

토우코는 다시 웃었다.

"현실에서의 내 미래는 저도 예측할 수 있어요. 아마 지금과 똑같은 생활이 계속 이어지겠죠. 그런 게 아니고, 제가 알고 싶은 건 꿈속에 나오는 방에 대한 거예요."

눈을 깜박거리는 요미사카의 태도에 자극받은 것처럼, 토우코는 이야기를 계속했다.

"실은 몇 년 전부터 똑같은 꿈을 꾸는데요. 그 꿈속에서 저는 늘 혼자예요. 하얀 벽에 둘러싸인 아무것도 없는 방. 창도 전등도 없지만 저는 알 수 있어요. 이상하죠?"

"뭐, 어쨌든 꿈이니까 기본적으로 뭐든 가능합니다."

"그도 그러네요. 아무튼 꿈속의 전 왜 제가 거기 있는지 몰라요. 하지만 깨어나도 알 수 없어서 이렇게 당신에게 상담을 드리는 거예요.

아무튼 그 방은 창도, 문도 없어요. 그런데 꿈속의 저는 그 너머에 다른 세계가 있다는 걸 알아요."

"당신은 그 방에 갇힌 거군요."

"네, 열리지 않는 문이라고 하면 될까요? 바깥 세계에서 볼 때 제가 있는 장소가 그런 건지, 저에게 바깥 세계가 그런 건지 모르겠지만요."

"흠, 요컨대 모르는 게 너무 많아서 불만스러우니 좀 알아야겠다, 라는 말씀이시지요? 그 기묘한 꿈에 대해서요."

"맞아요. 현실은 제 뜻대로 할 수 없지만, 적어도 제 꿈 정도는 알고 싶어요. 실은 얼마 전에 이곳에서 '주술 전문'이란 벽보를 봤을 때부터 부탁하려고 생각했어요. 빌려주신 물건을 돌려드리는 김에 꿈에 대한 상담도 해보자고요. 적어도 그 방의 수수께끼가 풀린다면 조금은 개운해질 것 같아요."

"평소에는 썩 개운치 못한 삶을 살고 계시는 것처럼 말씀하시네요."

"정확합니다."

"그렇군요. 그런데 실은 꿈도 그렇게 뜻대로 되는 건 아닙니다. 그건 내 안의 타인과 이어지기 위한 통로거든요."

"타인?"

토우코는 요미사카의 말이 이해되지 않아 고개를 갸웃거렸지만, 시간이 없는 터라 모르는 부분은 일단 넘어가기로 했다.

"유감이지만 여태껏 꿈속에서 저 말고 다른 누군가가 나온 적은 없어요. 정말 아무도 나오지 않는 꿈이거든요."

"흠, 절대 타인이 등장하지 않는 꿈? 그나저나 토우코 씨, 주술 하나 의뢰하는데 이렇게 비밀 작전마냥 굴어야 한다니 힘드시겠어요. 꿈과 관련된 주술이라면 딱히 누구에게 해를 입히는 것도 아닌데. 다들 신사에서 길흉점 치는 정도의 가벼운 마음으로 하시거든요.

가족분들이 토우코 씨가 주술사와 상담하는 걸 금지하셨나요? 사실 주술이나 점술류를 극도로 혐오하는 분도 간혹 계시거든요. 아까 그 동행분, 키와 씨라고 했나요? 대략 60세 전후로 보이던데, 그분도 그런 가치관을 가진 분입니까?"

"그건 아니에요. 그냥 만일을 위해 방해받지 않으려고 물린 거예요. 경험상 조심해서 나쁠 건 없거든요. 주술뿐만 아니라, 우리 집 사람들은 뭐든 무조건 금지해요. 제가 원하는 것들은."

"저런… 안타깝군요."

요미사카의 표정이 정말 안타까워 보여서 토우코는 우울해졌다. 가벼운 마음으로 말한 것들이 실은 꽤 심각한 수준이란 것을 깨달았기 때문이다. 하지만 마냥 낙담하고 있어봤자 소용없기 때문에 애써 밝은 목소리로 물었다.

"그래서 뭔가 방법이 없을까요? 꿈속에서, 갇힌 방에서 나갈 방법요."

"있습니다. 그야말로 당신을 위해 준비된 방법이요. 하지만 한 가지 주의사항이 있습니다. 주변인이 당신의 꿈에 어느 정도 영향을 미치는가, 라는 겁니다."

요미사카의 말에 토우코는 난처한 표정을 지었다.

"제 꿈에 왜 다른 사람이 영향을 받죠? 꿈은 지극히 개인적인 거잖아요."

"그렇지도 않습니다. 사람의 생각이란 건 우리가 모르게 서로 복잡하게 얽혀 있으니까요. 그 하얀 방이 나오는 꿈은 당신에게 채워진 자물쇠입니다. 당신이 그곳을 나갈 마음을 먹고 이렇게 행동에 나섰다는 건, 당신의 준비가 이미 끝났다는 의미입니다. 하지만 당신 주변의 사람들은 어떨까요? 열기 전에 먼저 확인이 필요합니다."

"확인? 뭘요?"

"당신이 눈을 뜬 뒤의 환경에 대해서요."

그렇게 말하는 요미사카의 새까만 눈동자를, 토우코는 탐색하듯이 뜯어보며 그 안에서 요미사카의 진의를 읽어내려 했다. 하지만 쉽지 않았다.

"눈을 뜬다고요? 전 잠들지 않았어요. 보시다시피 이렇게 깨어 있잖아요."

"정확히는 당신의 일부가, 라고 해야겠죠. 지금도 깊이 잠들어 있습니다. 옛날에, 친절한 누군가가 당신을 하얀 방에 몰래 숨겨두었습니다. 그래서 그 잠긴 문을 열려면 두세 단계를 거친 뒤에⋯ 사실대로 말하면 당신 주변인들에게 약간의 불편을 끼친 후에, 라고 해야겠지요. 그래도 괜찮겠습니까?"

키와는 1시간도 채 되지 않아 돌아왔다.

도착하자마자 인사도 대충 넘기고 양식당 상표가 그려진 종이봉투를 요미사카에게 건네더니, 초조한 기색으로 가게 안을 훑어보았다. 한시라도 빨리 뜨고 싶어서 죽을 지경인 듯했다. 잠시를 못 견디고 들썩거리는 통에, 보다 못한 토우코가 만류할 정도였다.

"키와, 그만하고 너도 여기서 좀 쉬는 게 어때? 편히 있자, 평소 차

마실 때처럼. 자, 마들렌. 마블 케이크, 피낭시에도 있어. 키와, 이거 좋아하지?"

"좀 드세요. 과자도, 차도 제가 낸 것은 아니지만."

막 끓인 주전자 물로 홍차를 우려내며 요미사카가 말했다.

향이 무척 좋은 홍차였다. 양식당에서 선물용으로 취급하는 상품이라고 했는데, 아무래도 유명 상점에서 엄선한 찻잎이 틀림없었다. 안타까운 것은 그 홍차가 담긴 잔이 섬세함이라곤 눈곱만큼도 없는 찻종이라는 게 문제였다.

하지만 이 가게에 티컵이 필요한 손님이 방문한 것은 전례 없는 일이기에 달리 방도가 없었다.

"으음, 그럴까요? 그럼 아주 조금만요. 하지만 너무 오래 계시면 안 돼요. 카오루 님의 당부를 어기고 외출한 거니까요. 그분이 돌아오시기 전에 무조건 돌아가야 합니다."

키와의 말에, 토우코가 미간을 깊이 찌푸렸다.

"또 카오루? 그 사람 눈치 보며 사는 건 이제 지겨워."

"하지만 카오루 님은—."

잔소리를 하다 점점 풀이 죽어 끝내는 입을 다무는 키와를, 요미사카는 자못 흥미로운 눈빛으로 쳐다봤다.

"아까 토우코 씨에게 들었는데, 키와 씨는 아오이 가문의 여성분들을 거의 30년 가까이 모셔왔다면서요?"

요미사카는 홍차가 든 찻종을 키와의 앞에 내려놓으며 물었다.

"그렇습니다. 그 정도 되겠네요. 마님의 처녀적 시절부터 시중을 들었으니 그것도 포함하면요."

"그런데 키와 씨는 그 카오루 씨라는 분을 무척 신경 쓰시네요. 실례지만 거의 그분의 심복 같아요. 아무리 토우코 씨의 약혼자라 해도, 그러시면 원래 주인인 토우코 씨가 너무 설 곳이 없지 않나요?"

요미사카의 지적에 키와는 발끈한 기색을 보였다. 하지만 애써 변명하려 들지 않았다.

"카오루 님은… 그분은 정말 친절한 분이시니까요."

그저 가냘픈 목소리로 애매한 대답을 할 뿐이었다.

대화가 끊기고 어색한 침묵이 흘렀다. 이것을 계기로 키와가 이때라는 듯이 우는 소리를 늘어놓기 시작했다.

"아이고, 벌써 4시예요. 제발 이쯤에서 일어나시죠, 아가씨. 지금 출발하지 않으면."

"…알겠어."

거의 매달리다시피 하는 키와의 간청을 도저히 무시할 수 없게 된 토우코는 마지못해 고개를 끄덕였다.

요미사카는 토우코와 키와를 가게 앞까지 배웅했다. 세 집 너머의 빈터에서 잠든 충견처럼 대기하고 있던 자동차 운전사가 즉시 눈을 뜨고 주인에게 다가왔다.

운전사는 여주인의 동향을 기민하게 살피도록 엄명을 받은 것 같았다. 실로 온실 속 영애 아오이 토우코의 종자로서 나무랄 데 없는 성실함이었다.

그러나 키와와 마찬가지로 지나치게 직무에 충실한 면이 종자보다는 감시역에 더 가까워 보였다. 실제로 그들의 강박적인 모습은 제삼자의 눈에도 기이해 보였다.

토우코와 키와를 태우고 꽁무니에 불이 붙은 듯 출발하는 자동차의 뒷모습을 바라보며, 요미사카는 고개를 절레절레 흔들었다.

가게로 돌아가는 요미사카의 발치에 빗방울이 뚝 떨어졌다. 하늘을 쳐다보니 어느새 잿빛 먹구름이 몰려와 있었다. 드문드문 떨어지던 빗방울은 이윽고 더 굵게, 더 세게 내리기 시작해, 겨우 말라가던 도로를 금세 물에 잠기게 했다.

키와에게는 불행 중 다행이었다. 카오루가 아직 귀가하지 않았기 때문이다. 키와는 안도의 한숨을 크게 쉬며, 마치 마법으로 되살려놓은 시체 같은 몰골을 벗어나 즉시 평소의 생기를 되찾았다.

"오늘 아가씨가 변덕을 부리는 바람에 키와가 얼마나 마음을 졸였는지 아세요? 정말이지 딱 죽는 줄 알았습니다."

쌓였던 불평불만을 이때라는 듯 쏟아내면서도 키와는 능숙하게 시중을 들었다. 살집 있는 몸을 부지런히 움직여 토우코를 위한 목욕물과 갈아입을 옷을 즉시 대령했다. 그리고 실내복으로 갈아입은 토우코에게 여분으로 사둔 찻잎으로 뜨거운 홍차를 우려 복용시킨 뒤 강제로 침대 속에 밀어 넣었다.

"아시겠어요, 아가씨? 오늘 외출은 카오루 님께는 비밀이에요? 안 그러면 아가씨가 아니라 이 키와가―키와는 이 부분을 특히 강조했다―경을 칠 테니까요."

그렇게 토우코의 양심에 못을 콱 박은 뒤, 키와는 또 부리나케 방에서 나갔다. 요리사에게 저녁 메뉴를 지시하는 걸 깜박한 모양이었다.

마치 작은 회오리를 일으킨 듯 정신없던 키와가 나가자, 주위는 쥐죽은 듯 조용해졌다.

수납장 위에서 장식용 시계의 톱니바퀴가 돌아가는 단조로운 소음이 희미하게 울렸다. 시계의 문자판을 올린 받침대―다리가 달린 금쟁반 위를 수정 토끼가 왔다 갔다 할 때마다 조명의 빛이 반사된 빛의 알갱이가 벽과 천장에 반짝거리며 튀었다. 토우코는 누워서 잠시 그 빛을 눈으로 좇았다.

"…미안, 키와. 조금만 더 폐를 끼칠게."

토우코의 입술이 살짝 열리며 사죄의 말이 흘러나왔다. 키와에게는 진심으로 미안한 일이지만, 역시 창고 안의 고물처럼 살 수는 없었다.

토우코는 침대에서 기어 나와 책상으로 향했다. 그리고 아무 노트나 펼치고 펜을 쥐었다.

남길 말은 이미 준비되어 있었다. 토우코는 그 말을 노트 위에 쓱쓱 적어내리고, 마지막으로 '자세한 내용은 요미사카 철물점 주인에게'라는 한 줄을 덧붙였다.

그리고 의자 위에 놔뒀던 가방을 집어 들었다. 오늘 외출을 함께 한 작은 손가방이었다.

딸깍, 잠금쇠가 튕겨 올라오며 입구가 열렸다. 안으로 집어넣은 손끝에 차갑게 닿은 것은 뚜껑이 달린 작은 유리병이었다. 얇은 유리로 감싸인 호박색 액체. 마법의 묘약. 요미사카 소년이 토우코에게 건네준 '열리지 않는 문의 열쇠'는 조명 아래서 신비로운 빛을 발산하며 굳게 침묵하고 있었다. 마치 밤의 여왕의 보관(寶冠)을 장식한 굵직한 토파즈처럼.

토우코는 조급한 마음으로 손에 든 마법의 뚜껑을 돌렸다. 뚜껑이 열리자 주변에 새콤달콤한 과실 향이 퍼졌다.

마법의 액체의 효용에 대해서는 요미사카에게 미리 들었다. 그래서 약 냄새가 물씬 풍기는 쓴맛을 각오하고 있었는데, 예상과 달리 마법의 약은 황홀할 정도로 달콤하고 싱그러운 향기가 났다.

덕분에 토우코는 큰 용기를 낼 필요도 없이 단숨에 병 안의 내용물을 삼켜버렸다.

실제로 무척 달았다. 입안 전체가 사탕이 되어버린 것처럼.

─그러고 보니 그 애가 물이나 소다로 희석해서 마시라고 했는데.

뒤늦게 떠올랐지만, 아쉽게도 이미 때가 늦었다. 토우코는 혼잣말처럼 변명을 해보았다.

—어쩔 수 없지. 급했는걸.

그러나 입안을 설탕으로 씌운 듯한 농밀한 단맛도 금세 익숙해졌다. 혀의 감각을 지워버릴 정도로 강렬한 수마가 즉시 토우코를 찾아왔기 때문이다.

눈앞의 모든 것을 함께 녹여버릴 듯한 압도적인 졸음에 도무지 서 있을 수 없게 된 토우코는 기절하듯 침대 위로 쓰러졌다.

그리고 이내 아무것도 모르게 되었다.

요미사카 철물점의 영업시간은 명목상 아침 8시부터 저녁 5시까지 —로 되어 있다. 그러나 주인 겸 점원인 요미사카가 홀로 꾸리는 영세 상점인 만큼, 영업시간 중이라도 그가 외출하면 자동 휴점 상태가 되기 때문에 이것을 정확한 개점시간이라고 말하긴 어려웠다.

그러나 주인인 요미사카는 밤놀이에 전혀 관심이 없고 노인에게 배운 건강한 생활습관이 몸에 배어 있었기 때문에, 어두워졌다고 가게를 비우는 일이 없다는 점과 더불어 점포와 살림집이 동일하다는 사정상, 손님의 열의에 따라 야간은 상시개점이 가능했다.

주인을 불러내는 방법은 간단하다. 가게 문을 힘껏, 끈질기게 두드리면 된다. 그러나 의원이나 약방과는 달리 철물점은 긴급성이 거의 없는 업종이라 그런 일은 좀처럼 일어나지 않는다.

그러나 그날 밤, 요미사카 철물점은 좀처럼 일어나지 않는 그 사태를 맞닥뜨렸다.

억수같이 쏟아지는 비와 천둥을 뚫고 뜻밖의 방문객이 찾아왔기 때문이다. 폐점을 알리는 가림막이 쳐진 바깥 유리문이 거칠게 두들겨진 것은 오후 10시를 조금 지난 무렵이었다.

가게 봉당에 내려가 유리 문을 연 요미사카는 손에 든 촛대로 비가 쏟아지는 어둠 속을 비추었다.

물과 빛의 고리 속에 유령처럼 파랗게 질린 미야마 카오루가 검은 우산을 들고 서 있었다.

퇴근한 뒤 옷도 갈아입지 못하고 달려온 모양이었다. 스리피스 양복 차림의 카오루는 목에 두른 넥타이마저 그대로였다.

말없이 가게 안으로 들어오는 카오루의 태도로 보건대, 그가 상당한 분노를 냉정한 겉모습 아래 감추고 있음을 쉽게 알 수 있었지만, 요미사카는 굳이 들추지 않고 카오루를 가게 안으로 맞아들였다.

그는 들어오자마자 음산한 눈빛으로 주위를 거침없이 둘러보았다. 그리고 곧 『점, 주술, 퇴마 전문』이란 벽보를 발견하고 싸늘하게 내뱉었다.

"기가 막히는군. 설마 당신이 주술사였다니."

"당신은 유감인 모양이지만, 맞습니다. 그런데 곧장 여기로 찾아오신 걸 보니 당신이 토우코 씨의 사정을 꽤 알고 계신 것으로 생각해도 되겠지요?"

"무슨 말이지?"

"여기까지 와서도 시치미를 떼시다니, 나쁜 분이군요. 제가 토우코 씨를 통해 전달한 문구를 보고 오신 것 맞지요? 그럼 제가 무슨 말을 하는지 아실 텐데요."

"전달? 역시 그건 당신이 적게 한 글이었군. 그녀가 보란 듯이 노트에 적어놓은 말―그래. 난 그게 의미하는 바를 물어보러 온 거야. 지금 토우코 씨는 기묘한 혼수상태야. 잠든 상태로 저택 안을 돌아다니고 의미를 알 수 없는 말을 중얼거리고… 누가 봐도 이상한 상태라고. 그래서 키와 씨를 다그쳤더니 낮에 당신 가게에 들렀다고 털어놓더군. 대체 그녀에게 무슨 짓을 한 거지? 그녀가 쓴 말—문은 열리고, 꿈은 깨어난다—이게 대체 무슨 의미냐고?!"

"말 그대로입니다. 어떤 사정이 있었는지 모르겠지만, 토우코 씨는 과거의 일부가 잠들어 있는 사람입니다. 그런데 우연히 절 만나게 되었고, 그 문제를 의뢰하고자 이곳에 오신 겁니다. 하지만 이런 우연은 우연으로 보여도 실은 그렇지 않은 법이지요.

어쩌다보니 그리되었다고들 하지만, 그건 대부분 필연입니다. 돌연 예상치 못한 일이 일어난 듯 보여도 그건 아무 맥락 없이 불쑥 일어난 일이 아니에요. 다양한 요인이 보이지 않는 곳에서 서로 얽혀 조금씩 형체를 이루던 것이 마침내 겉으로 드러난 것뿐이지요.

즉 토우코 씨도 이제 깨어날 때가 왔다는 겁니다. 그래서 지금 가둬졌을 때의 역순을 밟아 그녀가 기억을 되찾도록 돕고 있는 겁니다."

"기억을 되찾는 걸 돕는다고? 제정신이야?!"

"왜 그러시죠? 토우코 씨는 기억을 잃어서 몹시 힘들어하는 것 같던데요."

"아무튼 그건 곤란해. 그녀가 한 의뢰는 지금 내가 취소하지. 당장 중지해."

"그건 어렵습니다."

"뭐라고?!"

요미사카의 단호한 거절에, 카오루의 안색이 확 바뀌었다.

"요망에 부응해드리지 못해 저도 유감입니다만, 토우코 씨와의 약속이 먼저니까요. 그리고 이미 대금도 받았고요."

"웃기는 소리. 그녀는 돈이 없어. 바로 이렇게 될까 봐 내가 주지 않았거든. 그런데… 아니지, 혹시 키와 씨인가? 그녀가 대금을 지불했나?"

"아뇨. 그녀는 당신의 충실한 협력자입니다. 당신을 배신할 사람이 아니에요."

요미사카는 촛대를 쑥 내밀었다. 카오루의 시야 안에서 소년이 어두운 그림자가 되었다.

몇 개의 오렌지색 빛의 고리에 소년의 윤곽이 번졌다. 카오루는 시야를 어지럽히는 불꽃의 색채에 눈을 가늘게 뜨고, 찌르는 듯한 빛의 눈부심을 피하려 한 손으로 눈을 가렸다.

그 찰나, 훅 숨을 부는 기척과 함께 등불이 꺼졌다.

즉시 사방이 어둠에 잠겼다.

암흑의 공간에 소년의 음성이 조용히 울렸다.

"가엾게도. 오랫동안 비밀을 안고 여기까지 오셨군요. 무겁고 힘들어서 괴로우셨지요?"

뭐라 말하려 한 순간, 무언가가 불쑥 손을 힘껏 잡아당겨, 카오루는 앞으로 푹 고꾸라졌다. 재빨리 한 발을 짚으며 카오루는 어둠 속에 시력의 초점을 맞췄다. 제 손을 잡아당긴 것의 정체를 확인하기 위해서였다. 그러나 불가능했다. 압도적인 암흑은 카오루의 시각을 철저하게 차단했다. 비오는 밤의 깊은 어둠. 달 그림자나 별빛 같은 희미한 광원조차 기대할 수 없었다.

그렇다 해도 부자연스러운 어둠이었다. 공간 자체가 마치 먹물에 잠겨버린 것처럼 새까맣다. 자신을 둘러싼 깊은 어둠에 저도 모르게 오싹함을 느끼며 얼굴을 든 순간―별안간 카오루의 두 눈에 빛이 돌아왔다.

카오루는 실외에 서 있었다.

그것도 달밤의 실외다. 경치가 왠지 낯이 익었다. 익숙한 풍경―카오루가 소년 시절의 끝자락부터 지금에 이르기까지 10년에 가까운 시간을 보낸 아오이 가문의 저택이다. 그러나 현재의 모습과는 어딘가 분위기가 달랐다. 정원의 형태에 위화감이 느껴진다. 나무들의 키가 조금 낮다. 그제야 카오루는 그 이유를 깨달았다.

　―이건 과거다. 몇 년 전. 그 끔찍한 사건이 일어나기 전의.

　카오루가 아버지인 미야마 이츠키의 비밀을 알게 된 것은 21세 때였다. 당시 카오루는 학교를 졸업하고 아오이 무역의 사원이 되어 어느 정도 자리를 잡은 상황이었다.

　무더운 6월 중순 무렵―때는 깊은 밤이었다.

　그날 밤, 도무지 잠을 이루지 못하고 눈을 뜬 것은 어떤 우연이었을까. 심야에 유난히 갈증을 느낀 카오루는 한 컵의 물을 찾아 방을 나갔다.

　그곳에서 생각지도 못한 것을 발견했다.

　호리호리한 인영이었다. 그것은 마치 기다린 듯한 타이밍으로 아버지의 방에서 나왔다.

　카오루는 너무 놀라서 걸음을 멈추고 거의 본능적으로 기둥 뒤에 몸을 숨겼다. 통로의 어둠 속에서 제대로 생김새를 확인하긴 어려웠지만, 나부끼는 스커트의 실루엣이 그 인물의 정체를 말해주고 있었다. 이 저택 안에서 양복을 입는 성인 여성은 단 한 명뿐이다. 인영은―그녀는 아오이 부인, 토우코의 모친이 틀림없었다.

　다음 날 아침, 카오루는 일부러 아버지의 출근 시각에 맞추어 집을 나왔다.

　평소에는 아버지보다 1시간 먼저 나오는 카오루였다. 이츠키는 평소와 다른 아들을 의아하게 여겼다. 그러나 평소와 다른 것은 출근시각뿐만이 아니었다.

카오루는 한 마디 말도 없이 아버지의 옆에서 묵묵히 걷기만 했다. 평소에는 잘 떠드는 편인 아들의 이상한 행동에, 이츠키는 번번이 의아한 표정으로 쳐다봤다. 그러나 굳이 이유를 캐묻지는 않았다.

그 결과 부자는 침묵 속에서 오직 나란히 걷고만 있었다. 아는 사람들이 등 뒤로 하나둘 사라질수록, 두 사람 사이의 침묵은 점점 더 무겁고 음울해졌다.

어깨너머로 사람이 없는 것을 확인한 뒤, 먼저 입을 연 것은 카오루였다.

"사장님이 출장에서 돌아오시는 날이 모레였죠, 아마?"

평소와 똑같은 아들의 목소리에, 이츠키는 안도한 기색을 역력히 보이며 대답했다.

"응. 그럴 거다. 어제 상담이 잘 마무리됐다고 비서에게 연락이 왔어. 지금쯤 다들 숙소에서 느긋하게 쉬고 있겠지."

"그렇다고 해서….""

카오루는 얼음장 같은 눈빛으로 아버지의 얼굴을 쏘아봤다.

"그런 짓을 하다니, 부끄럽지도 않습니까, 아버지?"

말하면서, 카오루는 자신의 말이 정곡을 찔렀음을 확신했다. 이츠키의 안색이 눈에 띄게 변했기 때문이다. 평범한 말, 사소한 물음이 용서 없는 칼날처럼 아버지를 깊이 상처입힌 것은, 왜일까.

―역시, 어젯밤 내가 잘못 본 게 아니었어.

카오루는 낙담했다. 하지만 내색하지 않고 신중하게 말을 이어나갔다.

"정말 유감입니다."

대화를 해보자, 침착하자, 그렇게 안간힘을 쓰며 노력하는 카오루를, 이츠키는 제대로 상대해주려 하지 않았다.

"네가 상관할 일이 아니야. 이건 우리 두 사람 문제지, 어린 놈이 이래라 저래라 참견할 일이 아니다. 그보다 애비에게 말버릇이 그게 뭐냐? 어디 아랫사람이 어른에게 그런 건방진 태도를 보여."

자신의 행동을 부끄러워하기는커녕 뻔뻔하게 논점을 흐리는 이츠키의 모습에, 카오루의 낙담은 더욱 커졌다. 숨을 쉬기가 힘들어 가방 손잡이를 꽉 움켜쥐었다.

—어린 놈이 참견할 일이 아니야? 어른?

카오루는 부글부글 끓어오르는 분노를 참으며 고개를 떨궜다.

"아버지, 아버지는 그런 사람이 아니었잖아요. 늘 공정하고 성실하셨어요. 제가 그런 아버지를 얼마나 자랑스럽게 여겼는지 아세요? 그래서 마님이 아버지 방에서 나오는 걸 제 두 눈으로 본 지금도 전 믿지 못하고 있어요. 뭔가 사정이 있었겠지, 그럴 만한 이유가 있겠지, 하고요. 그러니까 아버지, 어서 말해주세요. 그건 제 오해라고."

"넌 나를 과대평가하고 있어."

대답하는 이츠키의 목소리는 의외로 연약했다.

"나는 약한 인간이다. 네가 생각하는 그런 대단한 사람이 아니야."

도저히 믿기 힘든 아버지의 말에 구역질이 치밀었다. 발밑이 무너져 내리는 느낌이었다.

아버지를 보면 늘 그런 이미지가 있었다. 강하고 의로운 사람. 늘 우러러봤던 과거 아버지의 모습이 바로 지금 무참하게 부서져버렸다.

카오루는 당장이라도 아버지의 멱살을 잡으려 하는 또 다른 자신을 힘겹게 참으며 말했다.

"…이 집에서 나가요. 아무튼 마님과 거리를 둬야 해요. 두 분 사이가 탄로나서 돌이킬 수 없게 되기 전에요. 회사도 그만두는 게 좋겠어요. 아오이 가문분들과 연을 끊어요. 어디든 좋으니 다른 곳으로 가서… 지금이라면 아직 늦지 않았어요. 사장님은 두 분 사이를 아직 모르시잖아요. 마님은—유부녀라고요. 제발 단념하세요. 그러지 않으면 모든 게 엉망이 돼버릴 거예요. 그리고 전 토우코 씨가 이 일을 모르길 바라요. 은인의 딸인 그녀에게 우리 부자의 배은망덕한 민낯을 보여주고 싶지 않다고요."

"토우코 씨? 하긴 너희는 사이가 좋았지. 그 애에게 괜한 걱정을 끼치고 싶지 않은 거구나. 그래, 아직 어린 소녀가 감당하긴 어려운 현실일 거다."

마치 남의 일처럼 중얼거리는 아버지에게 깊은 환멸을 느끼면서도 카오루는 거듭 애원했다.

"그럼 내일이라도 두 사람분의 사표를…."

"아니, 그건 안 돼. 지금 맡고 있는 일을 도중에 내팽개칠 수는 없어. 그리고 무엇보다—."

카오루는 눈을 감았다.

그 뒷말을 듣고 싶지 않았다. 은인보다, 자식의 믿음보다, 자신의 양심보다, 남의 아내를 향한 마음을 우선하는 아버지—그것은 낯선 괴물의 모습을 하고 있었다.

"이곳에 쿄코 씨를 혼자 남겨둘 순 없어."

—이건, 누구지?

카오루는 옆에서 걷는 남자의 얼굴을 뚫어져라 응시했다. 이것은 아버지의 얼굴을 한 다른 사람이다.

그것은 카오루가 모르는 기괴한 인물이었다.

아들인 자신에게 미안한 기색 하나 없이 남의 아내를 향한 애정을 고백하는 아버지가 너무나도 더럽게 보였다. 경애했던 만큼, 믿었던 만큼, 순식간에 반전된 에너지는 압도적인 위력으로 카오루를 때려눕혔다. 단번에 살의를 닮은 감정이 카오루를 지배했다. 숨 막힐 듯한 분노가 거센 힘으로 목을 졸랐다.

그럼에도 역시 카오루는 밖으로 노기를 드러내지 않았다. 푸르스름한 불꽃처럼 조용한 목소리로 딱 한 마디, 대답했을 뿐이다.

"잘, 알겠습니다."

미야마 부자가 아오이 저택의 일각에 얹혀살게 된 것은 아오이 부인인 쿄코와의 인연 덕분이었다.

과거 미야마 이츠키는 쿄코의 부친이 경영하는 대형 포목점의 지배인 중 한 명으로 일했다.

그러나 쿄코의 혼담이 정해진 것과 같은 시기에 지배인 직을 그만두었다. 왕도에 있는 선박회사에서 더 대우가 좋은 일자리를 얻었기 때문이다. 그 후 이츠키는 고향인 사이쿄를 떠나 왕도에서 쭉 살았다. 그리고 그곳에서 결혼도 했다.

순조로운 삶이었다. 성실한 아버지는 다른 동료들과는 달리 술도 도박도 하지 않았다. 담배조차 하지 않았던 아버지의 유일한 취미는 빌린 책을 읽는 것이어서, 어머니인 에츠코는 아버지의 그런 순박한 모습을 이따금 놀렸지만 내심 자랑스럽게 여겼던 것 같다.

가족을 끔찍이 아끼는 남편이자 아버지였다. 카오루가 학교에 입학해 제 또래 아이들과 어울리게 될 때까지, 힘든 기색 하나 없이 아들의 놀이 상대가 되어주었다. 사이좋은 부모님과 소박하지만 행복한 생활. 돌이켜 보면 그 무렵의 카오루는 그늘 한 점 없는 양지의 삶을 살았다.

그러나 메이쇼 3년의 대재해가 미야마 가문의 운명을 암전시켰다.

미야마 부자는 에츠코와 일자리와 집, 재산을 하루아침에 잃어버렸다.

소문은 바람과도 같아서, 미야마 부자의 곤경을 옛 주인집 영애의 귀에까지 실어 날라주었다. 그때 그녀─아오이 쿄코가 옛 사용인의 처지를 가엾게 여겨 내밀어준 손, 그것이 이츠키와 카오루의 현재의 삶이었다.

쿄코는 남편인 아오이에게 이츠키의 일자리를 부탁했다. 그러나 아오이는 부탁을 들어주는 것을 넘어, 부자에게 과거 사용인의 숙소로 사용했던 별채까지 보금자리로 내주었다. 당시 아오이 가문의 사용인은 쿄코의 유모인 키와를 제외하면 모두 출퇴근 근무자였기에 숙소가 마침 비어 있었다고 한다.

그것을 카오루는 얼마나 감사히 여겼던가.

일가의 가장인 아오이 시로는 다소 신경질적인 면이 있었지만, 대범하고 호탕한 인물이었다. 아내인 쿄코 부인은 단아한 미인, 외동딸인 토우코는 수줍음 많은 소녀다운 소녀였다.

행복이라는 개념을 그림으로 그려낸 듯한 가족이라고 카오루는 생각했다. 눈앞이 어지러워질 정도로 지나치게 완벽해서, 그 안에 자기들 같은 부자가 끼어드는 것이 꺼림칙하게 느껴질 정도였다.

그런 감사와 동경의 마음이 있었기에, 카오루는 아오이 가족을 금세 좋아하게 되었다. 한편 아오이 무역의 사원이 된 이츠키는 오로지 일에 몰두했다. 회사의 이익에 공헌함으로서 쿄코와 아오이의 친절에 보답하려는 것처럼. 카오루는 아버지의 마음을 깊이 이해할 수 있었다. 카오루 역시 같은 마음이었기 때문이다.

주인인 아오이도 부자에게 퍽 호의적으로 대했다. 아오이는 카오루를 상급학교에 보내주었다. 그에게 드는 학비를 아까워하지 않았다.

주인집의 호의 덕분에, 카오루는 학교에서도, 졸업하고 입사한 뒤에도 열심히 공부했다. 그렇게 해서 조금이라도 아오이에 도움이 되는 사원이 되고자 했다. 그것이 카오루처럼 가진 것 없는 풋내기가 가장 빠르게 시작할 수 있는, 가장 쉬운 보은이었기 때문이다.

아오이의 입장에서는, 저택에 서생 한 명을 두었다 쳤을 뿐, 카오루의 처우에 딱히 큰 의미를 부여하진 않았는지도 모른다. 그래도 카오루는 감사히 여기지 않을 수 없었다. 아오이는 미야마 부자에게 친절을 베풀어야 할 어떤 이유도, 의무도 없었기에.

카오루는 상업학교에서 법률과 세금에 대한 지식을 배웠다. 공부는 고됐지만 한편으로는 무척 즐거웠다. 그렇게 실력을 키워서 아오이 가문에 도움이 될 수 있다고 생각하면 의욕이 샘솟았다.

—그런데.

그런 아오이를 배신했다. 그것도 저와 마찬가지로 큰 은혜를 입은 아버지가.

카오루에게는 늘 든든한 버팀목이었던 것이 추하게 무너져 내렸다. 한때는 귀했던 존재가 무너지고 썩어서 내뿜는 냄새는 지독했다. 추악한 현실에 절망하며 생각한 것은 아버지와 아오이 부인을 한시라도 빨리 떼어놓아야 한다는 것이었다. 모든 게 물거품이 돼버리기 전에.

카오루는 밀고 편지를 썼다. 다만 사실을 정확히 쓰진 않았다. 카오루의 아버지와 쿄코가 주종 관계를 넘어 지나치게 친밀해 보인다는, 억측 반의 투서로 꾸몄다. 그들의 부정은 명확하게 언급하지 않고. 마치 오지랖 넓은 한 사용인이 익명으로 쓴 무책임한 편지로 보이게끔.

이것으로 아오이에게 약간의 질투심을 부추길 수 있길 바라며.

아오이는 아버지를 의심해서 내쫓을까? 그는 너그러운 사람이니 어쩌면 웃어넘기고 못 본 셈 칠지도 모른다. 그러면 자신이 그 자리에 있다 참견을 해야겠다고 생각했다. 비록 편지에 적힌 내용이 사실무근이라 해도 장차 마님의 평판에 흠집이 나서는 안 되니 우리 부자는 물러나는 게 좋겠다고. 설마 아버지도 그 자리에서 싫다는 말은 못 할 것이다.

편지를 준비한 다음 날, 카오루는 출근하는 길에 저택 정문 쪽으로 돌아갔다. 문에 달린 우편함에 간밤에 쓴 편지를 넣기 위해서였다. 하얀 봉투를 우편함 안에 떨어뜨렸다.

그 직후였다.

돌연 등 뒤에서 들려온 소리에, 카오루는 깜짝 놀라 돌아보았다.

하얀 앞치마를 두른 키와가 서 있었다.

"어머, 카오루 씨. 기다리는 편지라도 있으세요? 말씀을 해주셨으면 아침 일찍 챙겨서 갖다드렸을 텐데."

키와는 카오루의 옆을 돌아 우편함의 자물쇠를 열고 편지 다발을 꺼냈다. 방금 전 카오루가 투입한 편지를 가장 위에 올려서.

저택에 온 편지를 수거해 사람들에게 나누어주는 것은 그녀가 담당한 일 중 하나였다. 평소처럼 우편물을 가지러 온 그녀에게,

"뭐, 그런 셈이지."

카오루는 무뚝뚝하게 대답했다.

"아이고, 그럼 여기에서 한 번 찾아보시겠어요?"

"아니, 이따 퇴근한 뒤에 봐도 돼. 시간이 없어서."

"그러시군요."

키와는 머리를 꾸벅 숙이고 저택으로 물러났다.

그로부터 며칠이 지났지만 아무 일도 일어나지 않았다. 긴장 속에서

며칠을 보냈던 카오루는 주변 상황에 아무 변화도 없자 결국 허탈한 기분에 빠져버렸다. 하지만 그렇게 되었다고 마냥 손 놓고 있을 일은 아니었다.

사실은 그렇게 넘어간 것이 아니었다.

파국은 조금 늦게 찾아왔다.

7월 초 치고는 드물게 선명한 달그림자가 밤하늘을 밝히고 있었다. 일요일 밤이었다. 밤바람이 시원하게 들도록 창을 열어둔 방에서 장부를 정리하던 카오루는 갑작스러운 비명소리에 놀라서 창밖을 내다봤다.

본관 쪽에서 유리 깨지는 소리가 요란하게 울렸다. 카오루는 밖으로 뛰쳐나갔다.

서재의 문 너머에서 물건을 마구 깨부수는 기척이 전해졌다. 평범한 소음이 아니었다. 비명은 더 이상 들리지 않았다. 카오루는 달려온 기세를 그대로 실어 문 손잡이를 힘껏 당겨 열었다.

눈앞이 온통 피바다였다.

사방에 튄 피의 색을 인지한 순간, 강하게 코를 찌르는 냄새에 카오루의 뺨이 일그러졌다. 비린내, 사람의 체액의 냄새다.

방 중앙에 아오이가 우뚝 서 있었다. 피를 뒤집어써서 시뻘겋게 물든 와이셔츠 자락이 바지에서 빠져나온 흐트러진 모습으로, 아오이는 어깨를 들썩이며 씨근대고 있었다. 피투성이인 손에 움켜쥐고 있는 것은 평소 서재에 장식해두었던 장검이었다. 그리고 그의 발치에는 두 명의 인간이 포개진 채로 쓰러져 있었다.

카오루는 벼락을 맞은 듯한 충격을 받으며 그 자리에 멈춰 섰다. 순식간에 모든 것을 이해했다.

아오이가 카오루의 아버지와 제 아내를 죽인 것이다. 이유는 물을 것도 없었다. 카오루가 쓴 밀고 편지 때문이다. 비명도, 어쩌면 애원도 아랑곳하지 않고 엄숙하게 집행된 이것은 부정에 대한 사형(私刑)이었다.

말이 나오지 않았다. 그저 터무니없는 짓을 저질렀다는 두려움만이 가슴 속에서 새까만 얼룩처럼 퍼져나갔다.

돌이킬 수 없는 대참사였다. 아오이가 막무가내로 휘두르는 검이 모든 것을 파괴하고 있다. 그러나 주변은 기이할 정도로 조용했다. 끔찍한 참상을 두 눈으로 목격했음에도 도무지 현실감이 느껴지지 않았다.

―이건, 악몽인가.

의심하려던 그때, 기이한 정적이 갑자기 깨졌다.

"…오지 마. 도망쳐."

죽어가는 부친이 내는 실낱 같은 목소리가 카오루의 정신을 번쩍 들게 했다.

카오루를 옭아매던 악몽 같은 긴장이 풀리자, 몸에 정상적인 감각이 돌아왔다. 그러자 바닥에 못 박힌 듯 꼼짝도 하지 않던 발이 한 걸음 앞으로 나갔다.

머리보다 몸이 먼저 아오이에게 달려들었다. 미쳐 날뛰는 주인을 제압하려 한 것은 반쯤 본능적인 행동이었다. 그러나 아오이는 누구의 접근도 허용하지 않았다. 도저히 인간 같지 않은 완력으로 카오루를 뿌리치고 검의 자루로 옆구리를 후려쳤다. 카오루는 가구와 함께 나뒹굴었다.

벽력같은 노호가 서재 안의 공기를 뒤흔들었다.

"다 죽여버릴 거야!"

어디선가 흐느끼는 소리가 이어졌다. 근처에 아직 무사한 인간이 있었던 모양이다. 아오이도 그 사실을 깨달은 듯, 악귀 같은 얼굴로 방 안을 샅샅이 둘러보았다.

아오이는 연결된 방의 입구 쪽에 서 있는 딸을 발견했다. 토우코는 앞을 똑바로 보고 울고 있었다. 크게 열린 눈동자. 그 안에 비친 것은 새까만 공포였다. 굳게 믿었던 세상에 잔혹하게 배신당한 딸. 도저히 속일 수 없는 현실이 지금 그녀를 한입에 삼키려 하고 있었다.

아오이가 검을 휘둘러 칼날에 묻은 피를 떨쳐냈다. 그리고 천천히 걸음을 옮겨, 딸에게 다가갔다. 그는 잔혹한 눈빛으로 딸과 그녀의 옆에 주저앉은 키와를 노려보고 있었다.

점점 위로 올라가는 장검의 날이 얼음처럼 싸늘하게 빛났다.

어디서 가져온 걸까, 어느새 키와가 양손에 권총을 꼭 쥐고 있었다. 후들거리는 총구는 아오이를 겨누고 있었다. 그러나 냉혹하게 전진하는 아오이에게 동요하는 기색 따윈 없었다.

카오루는 속이 탔다. 조준이 정확하지 않으면 맞히지 못한다. 어떻게든 자신이 아오이를 붙잡아야 한다.

필사적으로 일어서려 했다. 그러나 몸이 뜻대로 움직여주지 않았다. 한쪽 다리의 뼈가 부러진 것 같다. 카오루는 다리를 질질 끌며 기다시피 다가갔다.

아오이가 입을 열었다. 너무나 멀쩡해 보이는 그의 싸늘한 목소리가 딸을 단죄했다.

"넌, 부정한 아이다."

이미 늦었다. 예단뿐인 심판의 칼날이 그녀를 덮친다―저도 모르게 눈을 질끈 감았던 카오루는 그 직후 총성을 들었다. 자동권총에서 연달아 쏘아진 열 발의 탄환이 발사되는 소리였다. 눈을 든 순간, 카오루는 그녀가 쏜 마지막 탄환이 아오이의 머리를 날려버리는 것을 보았다.

높이 들렸던 칼이 바닥에 떨어지고 주변에 피와 살점이 비처럼 쏟아졌다.

피어오르는 화약 냄새. 흥건하게 발밑으로 고이는 절망과 허탈. 모두가 소리조차 내지 못하고 그 자리에 웅크리고 있었다.

아주 오랫동안.

4

눈앞에서 촛불이 흔들렸다.

짙은 어둠은 어느새 희미한 어둠으로 바뀌어 있었다. 주변의 풍경도 방금 전까지와는 완전히 달라졌다. 마치 연극의 막이 바뀐 듯한 갑작스러운, 불가사의한 변화에 카오루는 잠시 분별을 잃고 당황했다.

피로 물든 아오이 저택의 서재는 흔적 없이 사라지고, 대신 잡다한 상품이 잔뜩 진열된 선반이 늘어서 있는, 그리 넓지 않은 곳.

―잡화점?

카오루는 철물점 봉당에 서 있었다. 그는 어안이 벙벙해져 주위를 둘러보았다.

내가 방금 전까지 어디서 무얼 했지? 흐릿한 기억의 끝을 더듬다― 잠시 후 눈에 들어온 소년의 용모를 단서로 마침내 현실로 돌아왔다.

"이건… 대체 무슨 속임수를 쓴 거지?"

머릿속에 낀 안개를 떨쳐내듯 머리를 흔들며, 카오루는 눈앞에 서 있는 소년을 사납게 추궁했다.

그러나 요미사카는 대수롭지 않게 대답했다.

"맨정신으로 말하긴 좀 꺼려지는 사정 같아서 잠시 선 채로 잠을 재웠습니다."

"잠? 내게 약이라도 먹인 거야?"

듣고 보니 마치 물속에서 막 올라온 것처럼 몸이 무겁다. 사지에서 힘이 쭉 빠져나간 느낌이다.

"약은 아니고요. 말을 사용한 것뿐입니다. 자초지종을 털어놓는 데 상당히 거부감을 갖고 계신 듯해서 당신 안의 사람에게 직접 부탁해봤지요. 정신의 문지기를 잠시 재우고 비밀을 털어놓게 해주세요, 라고요."

"기가 막히는군. 그게 무슨 말도 안 되는."

"그렇지도 않습니다. 말은 실체가 없지만 실은 상당한 위력을 갖고 있지요. 어떠한 일이나 사람에 대해서요. 다행히 이번에는 아주 잘 되어서 당신의 입을 통해 모든 사정을 들었습니다. 아오이 가문을 습격한 불운한 강도 사건의 진상―당신 아버지와 주인집 분들의 감정적 엇갈림 때문이었던 모양이군요. 몹시 끔찍한 일을 겪으셨네요."

"설마. 내가 정말 말했다고? 그 얘기를?"

"네. 하지만 들은 내용을 남에게 옮기거나 협박 거리로 삼는 일은 절대 없을 테니 안심하시길. 토우코 씨의 의뢰를 해결하기 위해서는 모쪼록 그 이야기를 소상히 파악할 필요가 있어서 실례를 무릅쓰고 암시를 걸었습니다."

"놀랍군. 당신의 괴상한 술법에 내가 걸려든 모양이지? 어린애라고 방심했는데 굉장한 솜씨야."

조롱조의 말투와는 달리 진심으로 화난 듯한 카오루의 모습에, 요미사카는 겸연쩍은 듯 어깨를 으쓱했다.

"암시를 걸기 전에 미리 말씀드리지 못한 점은 사과드립니다. 하지만 말씀드려도 어차피 허락해주시지 않았겠지요?"

"당연하지."

"아무튼 사정을 들은 덕분에 당신이 토우코 씨에게 무엇을 계속 감춰

왔는지 확실해졌습니다. 토우코 씨의 말로는 부모님이 강도에게 습격당해 돌아가셨다고 하던데 실은 그게 아니었군요. 가정 내에서 일어난 살인을 당신이 강도사건으로 위장해서 토우코 씨에게 알려준 거네요.

그런데 왜 지금까지 사건의 진상을 그녀에게 숨기는 겁니까? 설마 그녀를 위해서, 라고 말씀하시는 건 아니겠지요?"

"그래, 그녀를 위해서가 아니야."

"그렇다면 당신은 자신이 저지른 짓을 숨기기 위해 토우코 씨를 무지 속에 가둬온 겁니다. 정신적으로도, 물리적으로도."

"아니, 달라."

"어떻게 다릅니까?"

"믿지 않을지도 모르지만, 그녀는 사건에 대한 기억을 잃어버렸어. 그때 진료한 의사가 그러더군.

그런 걸 기억상실이라고 한다고. 정신에 지나치게 과부하가 오면 방어 반응으로 그런 증상이 일어난다고 했어. 다만 갑자기 사라진 기억은 불현듯 다시 돌아오는 경우가 있는데, 그렇게 되면 당사자에게 어떤 일이 벌어질지 알 수 없으니, 그런 경우를 대비해 일상적이지 않은 환경은 최대한 접촉을 피하게 하라는 당부를 받았지. 그래서 예측 불가능한 사태에 대비하려고 신경을 쓴 것이 그만 그녀의 자유를 제한하는 결과가 돼버린 거야. 그 점은 인정해. 하지만 어쩔 수 없이 필요한 일이었어."

"사실이 그렇다 해도. 상황은 당신에게 뜻밖의 행운이었죠. 당신은 그 일로 끔찍한 죄책감을 짊어지게 되었습니다. 어쨌든 본인이 쓴 밀고 편지 때문에 아버지뿐만 아니라 은인 부부까지 죽는 참변이 일어났으니까요. 필연적으로 당신은 자신이 저지른 죄의 무게에 깔려 죽을 것 같은 압박감을 느끼게 됩니다. 그렇다고 자신의 죄를 직시하는 건 더 견딜 수 없고요. 그래서 당신은 최대의 피해자인 토우코 씨에게 거짓말을 했습니다. 아울러 보호를 빙자한 구속을 강요—그렇게 해서 '일어난 일'을 '없던 일'로 만들었습니다.

그런 한편, 의리가 깊은 당신은 마치 용서를 구걸하는 죄인처럼 토우코 씨에게 헌신하며 그녀의 인생을 끝까지 책임질 각오를 했을 겁니다. 그래서 그녀에게 청혼한 거죠. 그러나 이 방법은 실제로 당신에게 매우 유리하게 작용했습니다. 그녀를 무지 속에 보호—가둬두기만 하면 당신의 죄는 은폐되는 동시에 속죄도 이루니까요. 하지만 역시 의리가 깊은 당신은 토우코 씨를 약혼자로서 엄중히 보호하는 한편, 일부러 그녀의 미움을 사도록 행동했습니다. 그건 일종의 스스로 벌을 주는 행위인 거죠? 당신의 양심을 달래기 위한.

하지만 그런 식으로는 절대 달래지지 않습니다. 부적절한 죄책감만큼 사람을 음험하게 괴롭히는 건 없죠. 이런 종류의 채찍은 절망보다, 비탄보다 더 심각하게 사람을 갉아먹습니다. 오랜 시간에 걸쳐 사람을 해치는 무서운 저주입니다. 스스로 깨닫지 못하고 계신 것 같습니다만, 당신은 두 발이 진창에 빠진 사람 같습니다."

"참 해괴한 통찰력을 갖고 있군. 주술사들은 다 그런가?"

"인정하고 싶지 않다면 저야 상관없습니다. 문제는 그게 아니니까요. 다만 제가 말씀드리고 싶은 건 그 방법에는 끔찍한 함정이 있다는 겁니다. 동기가 어떠하든, 거짓말로 뒤틀린 관계에 미래는 없습니다. 그래서는 아무도 행복해질 수 없어요. 당신 스스로 불행해지는 건 당신 자유지만, 그 불행에 토우코 씨를 끌어들일 권리는 없다고 생각합니다."

요미사카의 일방적인 말에도 카오루는 반박할 생각조차 없어 보였다. 그저 조용히 고개를 저으며 말을 끊으려 했다.

"당신이 뭐라고 지껄이든 난 지금 방법을 바꿀 생각이 없어. 그녀는 아무것도 몰라도 돼. 굳이 진실을 알려줄 필요도 없지."

"본인이 저지른 짓을 토우코 씨가 알면 원망할까봐 두렵습니까?"

"편지를 말하는 거라면… 그래, 내가 쓸데없는 짓만 하지 않았다면 그 일은 일어나지 않았을 거야. 난 돌이킬 수 없는 짓을 저질렀어. 맞아, 내가 한 짓은 엄청난 기만이야. 하지만 그래도 최선의 선택이라고 확신해."

요미사카는 질린 표정으로 한숨을 쉬었다.

"안되겠네. 일단 당신의 그 이상한 죄책감부터 어떻게 해결해야겠어요."

카오루는 살짝 고개를 갸웃거렸다. 입술에 그리고 일그러진 미소가 떠올랐다.

"불가능해."

"해보지도 않고 단정하는 건 경솔한 생각입니다."

"벌써 6년 전에 끝난 일이야. 이제 와서 뭘 어쩌겠다는 거지? 이미 늦었어. 무의미하다고."

"글쎄요, 어떨까요? 뭔가를 결심했을 때가 그동안 하지 못한 일을 할 최선의 기회가 되곤 하지요. 그러니까 지금 당장 가서 확인해봅시다."

"어디에? 대체 뭘…."

"키와 씨에게요. 당신과 손을 잡고 불명예스러운 가정 내 살인사건을 토우코 씨에게 숨긴 충실한 협력자. 그분께 확인해보세요. 토우코 씨도 당신도 미처 모르는 부분이 있을지도 모릅니다."

쉴 새 없이 쏟아지는 비는 점점 더 거세질 뿐이었다.

시커먼 하늘을 뒤흔드는 천둥을 뚫고 황급히 귀가한 카오루를, 키와는 말 그대로 쏜살같이 뛰쳐나와 현관 앞에서 맞이했다.

"어떻게 되셨어요? 그 되바라진 애송이가 대체 아가씨에게 무슨 짓을—."

키와는 그렇데 말하다가 이내 한 손으로 자신의 입을 막았다. 카오루의 바로 뒤에 바로 그 철물점 애송이가 서 있었기 때문이다.

상당히 늦은 시각임에도 불구하고, 그들이 안내된 응접실은 환하게 불이 밝혀져 있었다. 천장에 매달린 호화로운 샹들리에는 물론, 난로 위의 촛대에도 장식장 옆에 있는 스탠드에도, 불이 켜져 있었다.

불안을 물리치려는 것처럼 조도를 올린 방 중앙에는 굽은 다리가 달린 테이블과 벨벳 의자 세트가 놓여 있다. 토우코는 벽가에 붙은 긴 의자 위에서 조용히 잠들어 있었다.

"그 뒤로 토우코 씨에게 뭔가 특이한 일은 없었습니까?"

카오루가 규칙적으로 숨을 쉬고 있는 토우코를 어깨 너머로 슬쩍 보면서 키와에게 물었다.

"네. 겨우 제대로 잠드셔서… 지금은 진정되셨어요. 그런데 이번에는 꼼짝도 하지 않으시니, 정말 어쩌다 이런…."

"그 부분은 철물점분이 뭔가 아는 모양입니다. 그래서 말인데, 잠시 응접실을 써도 되겠습니까?"

"어머, 물론이죠. 얼마든지요. 저는 요기하실 것을 좀 가져올게요."

카오루와 키와가 그런 대화를 나누는 동안, 요미사카는 벽가의 긴 의자에 다가갔다. 가만히 들여다보니, 깊은 잠에 빠진 듯한 의뢰인은 희미한 숨소리만이 살아 있다는 증표일 뿐, 마치 조각상 같은 모습으로 누워 있었다.

그녀를 내려다보던 요미사카의 입술이 살짝 움직였다. 아주 섬세한 동작이었다. 이마에 뻗어진 손가락. 약속의 말이 한 줄기 바람이 되어

밤길을 헤매는 토우코의 뒤를 따라갔다.

키와는 손님인 요미사카와 아직 저녁을 들지 못한 카오루를 위해 가벼운 식사를 준비했다.

안으로 사라진 뒤 얼마 지나지 않아 거창한 트롤리를 밀고 다시 응접실에 나타난 키와는 그리 크지 않은 응접 테이블 위를 순식간에 잼 샌드위치와 뜨거운 홍차를 가득 채운 포트, 그밖의 각종 식기류 등으로 가득 채웠다.

능숙하게 상을 차린 뒤 자연스레 방에서 나가려는 키와를, 요미사카가 급히 불러 세웠다.

"앗, 키와 씨도 여기 남아주세요. 실은 오늘 밤 당신에게 듣고 싶은 이야기가 있어서 온 겁니다."

"저… 한테요?"

머뭇거리며 멈춰선 키와는 도움을 청하는 눈빛으로 카오루를 쳐다봤다.

그러나 카오루는 가도 좋다고 말하지 않았다. 기대가 무너진 키와는 요미사카의 말대로 하라는 듯 고개를 끄덕이는 카오루의 뜻을 거역하지 못하고 떨떠름한 기색으로 돌아왔다. 빈자리에 어색하게 앉더니, 고개를 푹 숙이고 무릎 위에 겹쳐놓은 제 두 손에 시선을 고정했다.

"돌아가신 토우코 씨의 어머님에 대해서 말인데—."

요미사카가 입을 연 순간, 키와는 몸을 부르르 떨며 고개를 번쩍 들었다. 누가 봐도 동요한 모습이었지만, 요미사카는 거침없이 말을 이었다.

"그녀와 카오루 씨의 아버님—고 미야마 씨의 관계에 대해, '강도사건'의 밤에 일어난 일에 대해 당신이 아는 사실을 전부 다 말씀해주시겠어요?"

"아니, 그건 좀…."

키와는 우물거리더니 다시 입을 다물었다.

"괜찮습니다. 말씀하세요. 사건에 대한 대강의 사정은 내가 이미 말했으니까. 그 밖에 당신만 알고 있는 사실을 말해주십시오. 이참에 나도… 아버지의 과거에 대해 최대한 많이 알아두고 싶습니다."

카오루의 권유에, 키와는 도망칠 곳을 잃은 사람처럼 눈을 내리깔았다. 무거운 입이 마침내 열렸다.

"지금이니 말씀드리는 건데…."

키와는 여전히 불안한 기색으로 이야기를 털어놓기 시작했다.

"마님—쿄코 님은 구성(舊姓)인 카와타로 불리던 시절부터 카오루 님의 아버님—미야마 씨를 마음에 두고 계셨어요. 제 눈에는 미야마 씨도 같은 마음으로 보였습니다. 허나 그렇게 신분이 다른 사랑이 결실을 맺을 리 없으니…… 미야마 씨는 마님과 아오이 님의 혼사가 정해졌을 때, 아가씨에게서도, 카와타 상점의 지배인 직에서도 물러나 카와타 가문을 떠났습니다.

당시 카와타 가문의 저택에 드나들던 업자에게 들은 바로는, 왕도에서 새 일자리를 찾고 곧 결혼도 했다더라고요.

쿄코 님이 소녀일 적부터 시중을 들었던 저는 그분의 마음을 알았기에 참 마음이 아팠어요. 하지만 아오이 님이 아내인 쿄코 님을 아주 소중히 아끼셨기 때문에 그래도 스스로 합리화를 할 수 있었지요.

마님의 선택은 잘못되지 않았다. 맞는, 좋은 결혼을 하셨다고요.

마님도 초반에나 조금 우울해 보이셨지, 결국 아오이 님과의 생활에 익숙해지셨습니다. 점점 아오이 님과 마음이 통해, 나중에는 남들이 부러워할 정도로 금슬 좋은 부부가 되셨으니까요.

좀처럼 아기가 찾아오지 않는 것만이 유일한 걱정이었는데, 결혼 8년 만에 드디어 토우코 님을 낳으셨으니, 정말이지 꿈이 떨어질 것처럼 행복해 보이는 가족이었습니다. 그런데 설마 그런 일이 벌어질 줄은… 상상도 못 한 일이지요. 어쩌다 아오이 가문분들이 그런 끔찍한 불행을 당하게 된 건지, 저는 도무지 모르겠어요."

키와는 잠시 말을 잇지 못하고 무릎 위에 올려둔 양손을 초조하게 비벼댔다.

"…아시다시피 12년 전 왕도를 덮친 대재해는 사방에 심각한 피해를 가져왔습니다. 그때 쓰러진 회사도 참 많았지요. 다행히 아오이 님의 회사는 도산 위기는 면했지만, 왕도의 지점을 잃은 걸 보면 아오이 무역도 나름대로 휘청거렸던 것 같아요. 실제로 그 당시 아오이 님은 자금 융통 문제로 동분서주하느라 저택을 거의 비우다시피 하셨거든요.

마침 그때, 마님께 미야마 씨의 소식을 전한 이가 있었습니다. 만남이란 참 기이하지 뭐예요. 아내를 잃고 상급학교에 진학을 앞둔 아들이 딸린 상황에서 직장까지 잃은 미야마 씨가 일자리를 찾고 있다고 하더라고요. 그 무렵 사업 때문에 정신없이 바쁜 아오이 님을 내심 걱정하셨던 마님은 부군의 오른팔이 되어줄 유능한 직원을 찾고 계셨습니다. 그리고 미야마 씨의 유능함은 누구보다 마님이 가장 잘 알고 계셨지요.

과거에 한 번 끊어졌던 인연은 그렇게 다시 이어졌습니다.

아오이 님은 미야마 씨가 무척 마음에 드셨던 것 같아요. 아마 마님이 소개한 사람이란 점도 어느 정도 영향이 있었을 겁니다. 누차 말씀드렸다시피 아오이 님은 정말 마님을 깊이 아끼셨거든요.

재해로부터 2년이 지났을 즈음, 아오이 님의 회사는 미야마 씨의 헌신적인 노력에 힘입어 그럭저럭 안정을 되찾았습니다. 그러나 호사다

마라고 하지요. 그 무렵 어떤 놈인지 몰라도 웬 오지랖쟁이가 주인님께 못된 생각을 부추긴 것 같더라고요.

아마 미야마 씨가 입사하고 3년째의 여름이었을까요? 휴일을 맞아 친한 친구들 몇 분을 초대한 다과 자리에서 아오이 님은 짐짓 지나가는 투로 마님께 물어보셨어요.

『당신, 미야마 군과 각별히 친했다면서? 두 사람이 혹시 연인 사이가 아니었냐고 어처구니없는 추측을 하는 사람이 있던데… 여학교 시절에 미야마 군이 당신 가정교사를 해주었다는 게 사실이야?』

마님은 일언지하에 부정하셨습니다. 마치 불에 데인 것처럼 빠른 대답이었죠. 그리고 뒤늦게 그 부자연스러움을 깨달으신 것 같았습니다.

『그래? 그런 적 없다, 라.』

아오이 님은 그렇게 중얼거리며 마님을 뚫어져라 보셨습니다. 마님의 안색이 어찌나 파래지던지.

왕립대학교 출신의 수재였던 미야마 씨가 여학생이었던 아가씨의 애원에 못 이겨 가끔 공부를 봐주신 적이 있다는 걸, 카와타 가문 사람들 중에는 모르는 이가 없었거든요. 즉 마님이 다급하게 뱉은 그 말씀은 환히 들여다보이는 거짓말이었던 거죠. 정말 사소한 일이었지만, 그때 그 아오이 님의 표정에 어쩐지 불안함을 느꼈던 기억이 납니다.

돌이켜보면 그때 이미 두 분 사이에는 불행의 그림자가 드리워져 있었나봐요. 하지만 그로부터 사건이 일어나기까지의 1년간, 두 분 사이에 그 일 이상으로 눈에 띄는 풍파는 없었습니다. 그런데 하물며 마님과 미야마 씨의 관계에 대해 제가 무슨 할 말이 있겠어요? 제 눈에는 그저 주종관계로 보일 뿐이었습니다."

키와는 이야기를 마칠 때까지 시종 고개를 숙인 채 한 번도 얼굴을 들지 않았다.

요미사카는 작게 한숨을 쉬었다.

"말씀해주셔서 감사합니다. 하지만 쿄코 씨와 미야마 씨 사이의 진실을 당신이 모르고 계셨다니 유감이군요. 그러면 부정의 진위를 검증하는 것은 더 이상 불가능하네요. 마님의 부정은 있었을 수도 있고 없었을 수도 있습니다.

하지만 확실히 알게 된 것도 있습니다. 모두가 거짓말을 하고 있다는 겁니다. 마님이 무의식적으로 해버린 거짓말. 아오이 씨는 조금만 조사해보면 알 일을 왜 굳이 남들 앞에서 물었던 걸까요? 혹 협박이었을까요? 아니면 으름장? 무엇보다 그 정도로 오래 전부터 마님을 의심했다면 왜 진실을 캐내려 하지 않았을까요? 마님 역시 켕기는 구석이 없었다면 부정을 의심받는 걸 알면서 왜 굳이 그 상태를 방치하셨을까요?

키와 씨, 당신 역시 거짓말을 하고 있습니다. 당신의 이야기는 군데군데 위화감이 있어요. 하지만 그 위화감을 걷어내는 건 전혀 어렵지 않았습니다. 말씀하신 사실 중 단 한 가지만 정정하면 아주 깔끔하게 정리가 되거든요.

아오이 씨와 마님은 처음부터 사이가 좋지 않았다. 그렇게 생각하면 이 어색한 흐름이 아주 자연스럽게 이어집니다.

실은 지난 며칠간 돌아가신 아오이 씨의 주변을 여러모로 조사해봤습니다. 그, 쿄코 씨와는 삼혼이었더군요. 전처 두 분은 각각 병과 사고로 사망했습니다. 과시가 심한 사업가는 대개 떳떳하지 못한 경영을 하는 경우가 많은데, 아오이 무역의 실적도 이상할 정도의 기복이 있었습니다. 하지만 부도의 위기가 닥칠 때마다 아내의 친정에서 투자를 받거나 출처가 불분명한 자금으로 간신히 위기를 모면했더군요. 다행히도 아내분들은 모두 부잣집 따님들이었습니다. 그들은 죽을 때까지 그에게 도움이 되어주었지요.

키와 씨. 마님은 누구에게도 털어놓을 수 없는 고충을—행복한 결혼 생활의 이면을 당신에게만 털어놓지는 않았나요?

겉보기엔 호인인 냉혹한 남편. 신사의 가면을 쓴 악마. 헤어지려 해도 아오이 씨는 절대 허락하지 않았을 겁니다. 아울러 회사의 내정은 쪼들리는 상태. 그녀가 옛 인연을 찾아 의지가 될 만한 인물에게 도움을 청하고 싶었던 마음도 이해 못 할 바는 아닙니다.

그 결과, 미야마 씨는 그녀를 필사적으로 돕기로 합니다. 쿄코 씨는 과거에 좋아했던 사람—그것도 적지 않은 미련을 남긴 채 헤어진 상대입니다. 그녀가 도움을 청하며 뻗은 손을 뿌리칠 만큼, 그는 냉혹한 사람이 못 됐습니다.

그런데 사건이 일어난 밤입니다. 카오루 씨가 비명소리를 듣고 본관으로 달려갔을 때, 서재에 있었던 것은 아오이 씨와 마님, 미야마 씨, 그리고 당신과 토우코 씨. 모두 그 자리에 계셨군요. 피투성이가 되기 전, 서재에서는 대체 무슨 일이 있었던 걸까요? 그리고 어쩌다 그렇게 돼버린 걸까요?"

"그건…."

키와의 두 눈에 눈물이 그렁그렁 솟아올랐다.

"그건 제가…."

키와는 두 손으로 얼굴을 덮었다.

"제가 마님께… 쓸데없는 말을 했기 때문이에요."

토우코는 꿈속에 있었다.

언제나 나오는 그 하얀 방이다. 하지만 실내를 채운 공기의 온도가 평소와 달랐다. 선뜩하고 차가운—밤 공기였다.

바람이 분다.

토우코는 뒤를 돌아보았다. 그곳에 있을 리 없는 문이 열려 있었다. 문 너머에 펼쳐진 것은 밤의—아무도 없는 거리다. 환한 달빛에 비추어진 집들의 기와지붕이 하얀 빛을 발산하는 것처럼 보였다. 판자 울타리. 전봇대. 입간판. 흙길에, 짙은 그림자가 깔려 있다.

토우코는 문으로 다가가 한 발을 밖으로 내딛어보았다.

흙 위에 구두 밑창이 닿은 순간, 자신이 그림자보다 까만 원피스를 입고 있다는 것을 깨달았다. 무릎을 덮는 스커트 자락 아래로 검은 구두코가 보였다. 눈을 들어보니 눈높이가 이상하게 낮다.

—아아, 그래. 난 열두 살이야.

문득 그 사실을 깨달았다. 순간 몸속의 어디인지 모를 부분이 욱신거리며 아프기 시작했다. 구역질이 난다. 병에 걸린 걸까. 하지만 이러고 있을 수 없다며 정신을 가다듬었다. 급한 일이 있었던 게 떠올랐다. 가야 할 곳이 있다. 목적지가 한 장의 그림이 되어 머릿속에 흐릿하게 떠올랐다.

달밤의 바다.

—맞아. 난 바다로 가는 중이었어.

정체를 알 수 없는 무언가에 쫓기는 기분이 들었다. 토우코는 거의 뛰듯이 걷기 시작했다.

—빨리. 서둘러야 해.

꼭 가야 하는 장소를 떠올렸다. 그러나 가도 가도 집들이 늘어선 골목만 이어진다. 몇 번이나 막다른 곳에 가로막힌다. 마치 미로 같다. 바다로 가려면 남쪽으로 내려가면 된다. 그렇게 알고 저택을 빠져나왔는데, 달밤의 길은 초록의 그림자에 잠겨 토우코가 방향을 가늠할 수 없게 만들어버렸다.

토우코는 지친 다리를 질질 끌며 계속 걸었다.

저 앞에 문득 불빛 하나가 보였다. 깜깜한 길 위에 가느다란 빛이 새어 나오고 있었다. 상점의 유리문 틈새로 떨어진 불빛이 노면을 흐릿하게 비췄다. 밤이 깊었는데 여태 가게를 열고 있다니, 특이한 상점이라고 생각했다. 무얼 파는 곳일까.

토우코는 급한 일이 있었던 것을 까맣게 잊고 가림막이 쳐진 유리 문 틈새로 가게 안을 슬그머니 엿보았다.

가게 안은 온갖 상품들이 빼곡하게 들어차 있었다. 냄비, 주전자. 크고 작은 대야가 주황색 등불을 반사하며 둔한 빛을 내뿜었다. 쇠붙이 표면에 드리운 금빛과 은빛의 무리가 여러 겹으로 겹쳐져 무척 아름다웠다.

안쪽의 작은 책상에서 주판을 놓던 노인과 눈이 마주쳤다. 심장이 쿵 떨어졌다. 허둥지둥 유리문 뒤로 물러나는 토우코를, 노인의 목소리가 붙잡았다.

"어서 오십시오. 사양 말고 들어오세요."

상냥한 목소리였다. 그래서 무심코 다시 유리문에 다가갔다. 노인은 책상 앞에 앉은 채, 가게 안을 기웃거리는 토우코를 손짓으로 불렀다.

"그런데 전, 손님이 아닌데요."

"그래?"

"돈도 없고요."

"흠, 흠."

"바쁘기도 하구."

"이런 한밤중에?"

"바다에 가야 해서요."

"그건 왜?"

"절 버리러 가야 해요."

저도 모르게 입에서 이상한 말이 튀어나왔다.

―내가 무슨 말을 하는 거지?

자신도 영문을 모른 채, 12세의 토우코는 노인에게 대답했다.

"전 나쁜 아이라서 살아 있으면 안 돼요."

"그렇다고 버리는 건 좀 그렇지 않니? 너무 아깝잖아."

노인이 다가와 토우코의 앞에 쭈그려 앉았다. 실내의 빛이 역광이 되어 노인의 얼굴에 그림자가 졌다. 까만 얼굴의 노인은 잠시 토우코를 찬찬히 뜯어보더니, 이윽고 깊은 한숨을 쉬었다.

"너, 어린 나이에 아주 큰일을 겪었구나."

"그런 걸 할아버지가 어떻게 아세요?"

"당연히 알지. 나는 날 때부터 눈이 아주 좋았거든."

노인의 말에, 토우코는 몸을 부르르 떨었다. 여긴 마법사의 집인가? 그래서 한밤중에 가게를 열고 있는 것이다. 무섭다. 이러다가는 노인에게 제가 한 짓을 모조리 들킬지도 모른다.

―내가 한 짓?

토우코는 자신에게 물었다.

―내가 뭘 했지?

나는….

토우코는 깜짝 놀라 양손을 뒤로 홱 숨겼다. 방금전까지 깨끗했던 손바닥이 새까맣게 더러워져 있었기 때문이다.

떨림이 멎지 않는다. 토할 것 같다. 나는 나쁜 아이. 나는.

―아버지를 죽였다.

"제가, 아가씨가 살인을 하게 만들었어요."

키와는 울먹이며 고백했다.

"그렇지 않아, 그건 당신 탓이 아니었어."

카오루가 키와의 말을 힘껏 부정했지만, 키와는 들으려 하지 않았다.

"아니요, 저 때문이에요. 제가⋯."

"용감하게도, 늪 같은 불행 속에서 마님을 구해드리려 했던 거지요?"

요미사카의 말에, 키와는 뻣뻣하게 고개를 끄덕였다.

"⋯언제였더라, 카오루 님이 우편함 앞에 서 계신 것을 보았어요. 흔한 일이 아니어서 아는 척을 했는데 금세 가버리시더군요. 그날도 평소처럼 우편함 속 내용물을 꺼내서 확인해봤는데, 보낸 사람의 서명이 없는 편지 한 통이 아오이 님 앞으로 와 있더라고요.

어쩐지 불길한 느낌이 들어서 그 편지를 뜯어봤어요. 읽어보니, 마님과 미야마 씨의 지나친 친밀함에 대해 남편으로서 경계심을 가지라는 내용이었습니다. 저는 부부관계의 파탄이 코앞에 닥친 것을 예감하며 암담한 심정으로 그 편지를 태워버렸습니다."

카오루가 크게 놀라며 외쳤다.

"그걸⋯ 당신이 처리했다고요?"

"네, 제가 했습니다."

"그건 내가 쓴 겁니다. 아버지를 마님에게서 떼어놓기 위해―."

"그럼 카오루 님도 눈치채셨던 건가요? 그 무렵 부부 사이에 있었던 끔찍한 불화를?"

"아뇨, 전 아무것도 몰랐습니다."

"아무튼, 그때 전 애간장이 녹을 지경이었습니다. 두 분의 불화가 겉으로도 티가 날 정도로 깊어졌거든요. 이대로 아오이 님과 함께 계시면 마님의 불행은 끝이 없을 거란 생각이 들었어요. 오래 모셔서 제게는 딸 같은 분이었어요. 도저히 보고만 있을 수 없더군요. 그래서 추문이 될 것을 무릅쓰고, 토우코 님을 데리고 아오이 가문에서 도망치자고 했습니다. 이건 저와 마님 말고는 아무도 모르는 계획이었습니다. 먼 곳에 몰래 은신처를 마련해두고 모든 준비를 마쳤지요."

"그런데 왜 빨리 짐을 싸서 나가지 않았죠?"

요미사카가 물었다.

"그러려고 했어요. 그런데 그럴 수 없었죠. 도망치려던 밤, 기차 시간을 몇 시간 앞두고 갑자기 아오이 님이 마님을 서재로 부르셨어요. 미야마 씨와 함께.

좋지 않은 예감이 들었지만 달리 방법이 없었죠. 저는 서재와 연결된 방에서 토우코 님과 함께 대기하며 아오이 님의 용건이 끝나길 기다리기로 했습니다. 유사시엔 아가씨만은 꼭 지켜내야 한다는 각오였습니다."

"지켜낸다? 과연, 그 말씀을 들으니 납득이 가네요. 거기서 갑자기 등장한 권총은 당신이 미리 준비한 물건이었군요. 그나저나 그 정도 위험인물로 인식되었다니, 아오이 씨는 상당한 괴물이었나봅니다."

키와는 창백한 얼굴로 요미사카의 말을 긍정했다.

"만약을 위해서라며 몰래 품에 숨겨두었죠. 아오이 님의 수집품 중에서 훔쳐 온 것인데―하지만 실제로 사용할 생각은 절대 없었어요. 정말이지 호신용으로만 쓰려고 했어요."

"하지만 아주 큰 도움이 됐죠."

키와는 꺼림칙한 듯 몸을 움찔하며 요미사카의 눈을 피했다.

"아니요. 저는 쏘지 않았어요. 차라리 쏘았으면 좋았을 텐데. 그때 저는, 망설였습니다. 저는… 그때 쏴야 했어요. 그랬다면 아가씨는―."

토우코는 눈을 감았다.

그때의 정경이 천천히 머릿속에 떠오르다 이윽고 선명한 영상으로 바뀌었다.

흔들리는 총구. 키와가 품 안에서 권총을 꺼내들었을 때, 그녀의 손은 벌벌 떨려 총신이 우스울 정도로 상하좌우로 흔들리고 있었다. 눈앞에 기다란 손톱을 번쩍 쳐든 악귀가 있는데.

그것은 악귀였다. 쩍 벌어진 입이 귀밑까지 찢어지고, 두 눈은 불길처럼 타오르고 있었다. 어머니와 미야마 아저씨를 긴 손톱으로 찔러죽인, 못된 악귀.

그래서 토우코는 방아쇠를 당겼다. 최초의 한 발을 쏜 충격에 뒤로 나동그라질 뻔했지만, 그렇게 되진 않았다. 키와가 꽉 안고 있었기 때문이다. 총알이 바닥날 때까지 쏘고 또 쏘았다. 어느 것이 맞았는지도 모른다. 그러나 쏠 때마다 탄환이 악귀의 살을 파고드는 날것의 충격이 생생히 팔에 전해져왔다.

그 감각이 다시 손에 되살아났다. 비명이 목구멍을 뚫고 올라올 참이었다.

―그래. 내가 죽였어. 하지만 그건… 실은 악귀가 아니었어. 그러니까.

"…저는… 벌을 받아야 해요."

토우코는 가까스로 그 말만을 토해냈다.

"누가 널 벌한다는 거니?"

노인이 물었지만, 토우코는 대답할 수 없었다.

"이리 온, 내가 너에게, 그놈에게서 도망칠 수 있는 주술을 걸어줄 테니."

토우코는 손을 잡은 노인의 얼굴을 올려다보았다.

"그놈요? 악귀 말이에요?"

"악귀와는 좀 달라. 하지만 악귀보다 훨씬 무서운 놈이지. 왜냐하면 사람이 아니니까. 싫다고 그럼 안녕히 가세요, 할 수도 없거든. 어떤 경우엔 평생 들러붙어 있기도 해. 그래서, 아주 천천히 오랜 시간에 걸쳐 제가 붙어 있는 인간의 목숨을 먹어치운단다."

"…무서워요. 그건, 뭐라고 하는데요?"

"죄책감, 이란 이름의 요괴지."

노인은 싱긋 웃으며 토우코를 의자에 앉혔다.

"기다리렴. 지금 도구를 가져올 테니."

노인은 그렇게 말하고 안으로 들어가더니, 잠시 후 불을 켠 촛대와 소다병과 컵 등을 담은 쟁반을 들고 나타났다.

"자, 아가. 이 촛불을 보렴. 지금 머릿속에 떠오른 걸 잘 접어서 잠시 상자 안에 넣어두는 거야. 그걸 받아들일 수 있는 때가 올 때까지 말이야. 이렇게, 마음에 떠오르는 장면을 하나하나 하얀 종이에 새겨보렴. 그걸 접어서 상자에 넣고 뚜껑을 닫으면 된단다. 일단 눈을 감아보렴. 알겠니?"

토우코는 노인의 말에 따랐다.

눈꺼풀 안쪽에서 촛불의 빛이 흔들린다. 노인의 말대로 머릿속에 차례차례 그림이 떠올랐다.

무섭도록 조용한 목소리로 말했던 아버지.

"쿄코. 이 남자를 좋아해?"

어머니가 뭔가 대답하려 했다. 하지만 아버지는 어머니의 대답을 기다리지 않았다.

심상치 않은 안색으로 벽에 걸린 검을 집어들어 검집에서 **빼냈다.**

미야마 아저씨가 재빨리 앞으로 나가 어머니를 감싸려 했던 것 같다. 어머니가 온몸의 털이 곤두설 것 같은 끔찍한 비명을 질렀다.

아버지는 그런 두 사람을 함께 꼬챙이로 꿰어버렸다. 그 긴 칼로.

나는 연결된 방문 틈새로 그걸 보고 있었다. 셋이서만 재미있는 이야기를 할 것 같아 궁금했기 때문이다.

하지만 아니었다. 얼결에 손잡이를 놓아버린 내 앞에서 문이 활짝 열렸다. 옆에 있던 키와가 그 자리에 털썩 주저앉더니 바들바들 떨면서 나를 당겨 안았다. 그녀는 기를 쓰며 몸을 움직이려 했다. 하지만 너무 놀란 탓인지 그 자리에서 꼼짝하기도 어려운 것 같았다.

아버지는 방 안의 물건을 때려부수기 시작했다. 입구로 달려간 카오루 씨가 아버지를 말리려 했지만 거칠게 떠밀려 나둥그러졌다.

나는 울음을 터뜨렸다. 무서워서 견딜 수 없었지만 눈을 뗄 수가 없었다. 아버지가 이쪽을 돌아봤다. 나를 발견했다.

아버지는 이미 아버지의 얼굴이 아니었다.

내가 모르는 아버지. 그것은 새카만 입으로 내게 말했다.

"너는 부정한 아이다."

강한 바람이 일었다. 공포스러운 광경이 새겨진 몇 장의 종이가 어둠 속에 떠올라 팔랑팔랑 소리를 내며 겹쳐지더니, 이윽고 한 장도 남김없이 하얀 상자 안으로 들어갔다. 뚜껑이 닫힌다.

눈을 뜨자, 노인의 서늘한 손끝이 이마에 닿아 있었다. 이마의 중심에서 서늘한 바람이 몸을 뚫고 빠져나가는 듯한 상쾌한 기분이 들었다.

"좋아, 잘했다. 이렇게 당분간 그 요괴를 잠재워두면 조만간 네 안쪽의 사람이 어떻게든 해줄 거야. 조금 힘들 수도 있겠지만, 그 사람이 힘을 회복할 때까지만 고생하면 돼. 그때가 오면 스스로 문을 열고 바깥 세상으로 나가면 된단다. 이 세상은 남의 잘못에 얽매인 채로 마냥 헛

되이 보내기엔 아까운 곳이거든."

토우코는 얼굴을 찌푸리며 노인을 봤다.

"할아버지의 말은 너무 이해하기 어려워요. 안쪽의 사람이 누구예요?"

"흠, 뭐라고 말하면 좋을까. 사람의 안쪽에 사는, 뭐든 다 아는 대단한 분의 가명이란다. 그런데 그 사람이 대단한 건 맞는데, 그렇다고 만능은 아니거든? 힘이 약해질 때도 종종 있어요. 왜냐하면 사람의 몸엔 평범한 이들의 눈에는 보이지 않는 것—사기나 귀기나 벌레 같은 것이 끊임없이 드나들기 때문이야. 그러니 안쪽의 사람도 마냥 모른 체하며 가만히 있기는 어려울 게다.

하지만 네 안의 사람은 꽤 근성이 있구나. 제 힘으론 감당 못 하겠다며 오늘 밤 너를 내가 있는 곳으로 이렇게 열심히 데려왔잖니?"

"눈에 보이지 않는 것도, 안쪽의 사람도, 역시 잘 모르겠어요."

"네가 몰라도 네 안의 사람은 잘 알 거야."

노인은 어깨를 으쓱하고 탁자에 놓아둔 쟁반 위에서 컵을 집었다. 컵의 3분의 1 정도를 금빛 액체가 채우고 있었다. 노인은 그것을 토우코의 손에 쥐어준 뒤, 소다병 뚜껑을 뽑았다. 그리고 병 안의 내용물을 컵에 더 따랐다. 짙은 금빛이 금세 밝게 투명해지고 은색 기포가 컵 안쪽에서 반짝거렸다.

"너무 예뻐요. 이거, 마법의 약이에요?"

토우코가 눈을 휘둥그레 뜨자, 노인은 조금 머쓱한 표정을 지었다.

"그런 대단한 건 아니란다. 내가 만든 평범한 매실꿀이지. 이건 네 안의 사람과의 암호—약속 같은 거야. 다음에 이것과 똑같은 걸 먹었을 때, 잠겨 있던 자물쇠가 열리는 술법이지.

자, 마시렴. 그럼 끝난단다. 네게 들러붙은 요괴는 네 기억의 일부와 함께 잠들 거다. 네 안의 사람이 그놈을 쫓아낼 힘을 되찾으면 그때 다시 오렴. 그때도 이걸 대접하마."

"그게, 언젠데요?"

"글쎄다, 그건 나도 모르지."

노인의 대답에, 토우코의 얼굴이 어두워졌다.

"할아버지, 그때까지 여기 있을 거예요? 제 이름 안 까먹을 거예요?"

토우코의 걱정에, 노인은 아뿔싸 하며 제 이마를 쳤다.

"하긴, 그럴 가능성도 있구먼. 이미 적잖이 나이를 먹었으니. 하지만 걱정 말렴. 다행히 내게는 장래가 유망한 제자가 있거든? 아직은 한참 어린애다만. 지금 세상 모르고 잠들어 있는데, 욘석이 호기심도 많고 하고 싶은 것도 많고, 무엇보다 아주 똑똑해요. 그래서 뭐든 가르쳐주고 싶어지지. 매실꿀 만드는 법도 말이야."

"그럼 다행이에요."

노인의 다정한 미소에, 토우코도 따라서 환하게 웃었다. 그리고 언젠가 올 약속의 날을 위해 노인에게 자신의 이름을 가르쳐주었다.

컵에 입을 대자 달콤한 과실향과 청량한 소다의 자극이 가슴 가득 퍼져나갔다. 물빛 바람이 몸 안을 쓸고 지나가는 듯한, 무거운 응어리가 깨끗이 씻겨 내려가는 느낌에 토우코는 황홀해하며 눈을 감았다.

눈을 뜨니 하얀 방 안이었다.

어느새 원래의—18세의 토우코로 돌아와 있었다. 그곳은 토우코가 잘 아는 장소였다. 지겹도록 본 익숙한 풍경—그러나 역시 달랐다.

눈앞에 커다란 문이 있었다. 어서 열라는 듯이.

머뭇거리는 토우코에게 예의 목소리가 말했다.

—자, 밖으로 나가. 넌 이제 괜찮아.

토우코는 주뼛대는 걸음으로 다가갔다. 당장이라도 벽과 동화되어버릴 것 같은 새하얀 문. 가느다란 골이 그려내는 네모난 윤곽 덕분에 겨우 벽과 구별할 수 있었다.

문은 오래 전부터 거기 있었던 것 같은 모습으로 토우코가 열어주길 기다리고 있었다.

토우코는 투명한 유리 손잡이에 손을 올리고—

무거운 문을 밀어 열었다.

몇 개의 등불이 깜박이는 빛에 눈앞이 핑 돌았다.

눈이 따가울 정도의 빛에 환혹된 시력이 본래의 감각을 되찾기까지 조금 시간이 걸렸다. 얼마쯤 시간이 지나자, 토우코의 눈앞에 하나의 광경이 뚜렷이 모습을 드러내기 시작했다. 꿈과는 다른, 압도적인 현실감과 함께.

그동안 토우코에게 숨겨졌던 세상. 그곳은 의외로 평범했다. 일상을 보내며 수없이 눈에 담았던 방—저택의 응접실이었다.

사람이 있다. 누구일까. 테이블을 둘러싸고 이야기를 나누는 것 같다. 아직 흐리멍덩한 의식을 깨우며, 토우코는 그들의 목소리에 귀를 기울였다.

"아가씨가 저택에서 사라진 것을 알아챈 건 세 분의 장례식을 마친 다음 날 새벽이었습니다."

기모노 소맷자락으로 빨개진 눈가를 연신 닦아내며 키와가 말을 이었다.

"방에도, 저택 어디에도 아가씨의 모습이 보이지 않아서 발을 동동 굴렀지요. 그런데 얼마 후 모토마치의 경찰서에서 아가씨를 보호하고 있다는 연락이 온 거예요. 그때 얼마나 가슴을 쓸어내렸는지.

반쯤 잠든 상태로 밤거리를 헤매고 있는 것을 그 동네 노인이 발견해서 친절하게도 경찰서로 데려다주셨다고 하더군요.

나중에 의사에게 들어보니, 그런 이상한 행동을 몽유병이라고 한대요.

제가 당장 모시러 갔는데, 거기서 또 아주 이상한 일을 겪었습니다. 아가씨가 그 밤에 있었던 비참한 사건을 전혀 기억하지 못하시는 거예요. 전 그 사실을 안 순간, 마치 구원받은 심정이었습니다."

요미사카는 고개를 끄덕였다.

"이해합니다. 부친이 모친을 살해한 것도, 그런 부친을 제 손으로 죽여야만 했던 현실도 감당하기 어려운 일이죠. 비단 12세의 어린 소녀가 아니어도 인생에 절망할 것 같아요."

"그래서 저와 카오루 님은 아가씨가 그 불행한 기억을 되찾지 못하도록, 그게 안 된다면 기억을 잃은 상태가 조금이라도 오래 지속되도록 의사 선생님과 상담을 했습니다. 그리고 의사 선생님이 당부하신 대로 모든 것을 사건이 일어나기 전 그대로 유지하려고 최선을 다했습니다. 아가씨의 기억이 돌아오는 계기가 될 만한 것들을 최대한 멀리 떼어놓기 위해서였지요."

"토우코 씨가 계속 행복한 꿈속에서 살아갈 수 있도록, 말인가요?"

요미사카는 고개를 기울였다.

"알리지 않고 그저 따르게 할 것. 소위 '착한 거짓말'이란 거군요. 잘 모르시나본데, 그건 그 거짓말에 속는 입장에서는 전혀 착한 게 아닙니다. 눈도 귀도 막아두고 진실로부터 멀리 떨어뜨려 놓는 건 일종의 학대입니다. 아무리 숨겨도 사실은 사실이고 실제로 존재하니까요. 그런데 그걸 아무도 알려주지 않다니, 너무 가엾잖아요? 심지어 가장 믿고 있는 사람들 때문에 길을 잃은 거잖아요. 사람이든 사물이든 과보호는 좋지 않습니다. 건강한 상태를 유지하려면 적절한 햇빛과 바람이 필요하거든요. 본인의 머리로 생각해서, 본인의 발로 걸을 수 있게 해주는 것이 진정한 배려입니다. 과보호라는 건 암묵적으로 상대에게 무능하다는 메시지를 전하는 겁니다. 가끔은 괜찮지만, 그런 상태가 지속된다면 자신감도 기력도 고갈되고 맙니다. 결국 그건 그 사람을 위하는 척 자기 잇속을 차린 것에 지나지 않아요. 그렇지 않나요, 카오루 씨?"

무릎 사이에 둔 깍지 낀 양손을 물끄러미 내려다보고 있던 카오루가 고개를 들었다.

"오지랖인 건 알지만, 회사에 대해 토우코 씨에게 솔직하게 보고하시는 게 맞다고 생각합니다. 6년 전 당신이 아오이 무역의 책임자를 떠맡게 된 건 아무도 그 자리를 원치 않을 만큼 경영이 악화되어 있었던 탓 아닌가요? 그랬던 회사를 이 정도로 재건했다는 건 정말 대단한 능력입니다. 하지만 수상한 밀수품에 손을 대는 건 이제 단호하게 그만두셔야 합니다. 밀수업자의 말로가 그리 좋을 리 없으니까요. 토우코 씨를 속일 이유가 사라지면 예전의 아오이 가문이 누렸던 사치에 집착할 이유도 사라집니다. 그럼 좀 더 일을 선별할 여유도 생기지 않겠어요?"

조심스럽지만 무섭도록 정확한 충고를 건네는 요미사카를, 카오루는 경이로운 눈빛으로 쳐다봤다. 하지만 곧 맥 빠진 체념의 표정으로 바뀌었다.

카오루는 모든 걸 포기한 듯한 모습으로 한숨을 쉬더니 조용히 눈을 감았다.

"그리고 키와 씨. 토우코 씨의 부모님을 어설프게 미화하는 건 이제 그만두세요. 쿄코 씨에게 아오이 씨와의 혼인을 권한 부모님—아니,

카와타 가문 사람들 모두가 아오이 씨라는 인간을 잘못 본 겁니다. 지나간 과오는 어쩔 수 없죠. 하지만 조심하셔야 합니다. 잘못을 숨기면 피해가 더 커지기 때문이죠.

하지만 용감하게 직시하면 큰 배움을 얻을 수 있습니다. 허물이 있다면 버리기를 두려워 말라, 란 말이 있지요. 가능하다면 현실과 환상 사이에서 발생한 괴리가 실제적인 피해로 이어지기 전에 환경에 대한 인식을 바로잡아주기 바랍니다.

가족이니까, 중요한 사실은 진실된 말로 말해주세요. 거짓말은 심각한 독입니다. 약이 되는 경우도 아주 없진 않지만, 그런 일은 거의 없죠. 집이라는 게 심신의 건강을 기르는 곳이라면, 그걸 공유하는 가족에게 있어서 가장 중요한 건 독을 타 먹을 걱정을 하지 않아도 되는 것 아닐까요.

차라리 다 함께 문제를 공유하는 게 낫습니다. 알아야 할 사람에게 알리지 않고, 각자 비밀을 짊어지고 자신만의 신념에 따라 거짓말을 한 겁니다. 그렇게 하면 소중한 것을 지킬 수 있다고 생각하며. 자신이 한 거짓말은 아름다운 거라고 믿으면서요.

하지만 가족에게 진실을 속이는 건 금물입니다. 특히나 가까운 관계에서는, 그런 종류의 거짓말이 자칫하면 목숨을 앗아갈 수도 있습니다. 이해관계를 하나로 해야 할 사이에서 휘둘러지는 거짓말은 거의 흉기나 다름없습니다. 관계가 망가지는 정도가 아니라 경우에 따라서는 인생 그 자체를 망칠 수도 있는—."

"정말 맞는 말이야."

요미사카의 매서운 설교에, 소녀의 목소리가 동의했다.

모두 일제히 그 목소리의 주인을 주목했다.

"아가씨! 깨어나셨군요. 아아, 어디 아픈 곳은 없으세요?"

키와가 요란하게 발소리를 내며 긴 의자로 달려갔다.

"없어. 몸이 가뿐해. 아주 오랜 잠에서 깨어난 것 같아.

내가 한 짓을 내가 기억해내지 못하게 하려고, 날 지켜주려고, 카오루 씨도 키와도 정말 고생했어. 이렇게 힘들게 만들어놓고, 난 그걸 전혀 몰랐어. …미안해… 다 내 탓이야."

중얼거리는 토우코의 눈에서 눈물이 뚝 떨어졌다.

"잃었던 기억, 전부 다 떠올랐어. 그때의 일도. 난 우리 가족이 정말 화목하다고 믿어 의심치 않았어. 그래서… 내가 아버지에게 말했어. 어머니랑 키와랑 셋이서 밤 여행을 떠날 거라고. 아버진 일 때문에 같이 못 가서 아쉽다고. 그리고 그날 밤, 아버지는 일하러 나가는 대신 어머니와 미야마 아저씨를 응접실로 부르신 거야. 그래서—."

그 뒷말을, 키와가 더는 참지 못하고 가로막았다.

"무슨 말씀이세요! 아가씨는 아무 잘못도 없으세요. 왜냐하면 아무것도 모르셨으니까요. 저희가 아가씨에게 전부 숨긴 거잖아요."

키와는 흐느껴 우는 토우코를 몇 번이나 꽉 껴안았다. 그리고 어깨를 잘게 떨더니—곧 키와와 토우코는 하나가 되어 목놓아 울기 시작했다.

두 사람이 우는 동안, 요미사카와 카오루는 더없이 어색한 분위기 속에 남겨졌다.

그러나 민망함에 얼굴을 마주 본 것도 처음뿐, 이윽고 각자 테이블 위의 찻잔에 손을 뻗었다.

두 사람 다 위장이 갑자기 자기주장을 하기 시작한 탓이다. 요미사카와 카오루는 시간이 흘러 떫어진 홍차를 연신 찻잔에 채우며 손도 대지 않은 채 말라비틀어져 버린 접시 위의 샌드위치를 열심히 뱃속에 밀어 넣었다.

커튼 틈으로 하얀 빛이 새어 들어왔다.

어둠이 걷혀 있었다. 밤새 내리던 비도 어느새 그치고 천둥도, 거세게 땅을 때리던 빗소리도 더 이상 들리지 않았다.

그 대신 점점 밝아지는 창밖에서 드문드문 들리기 시작한 것은 올해 처음 듣는 매미 울음 소리였다.

한참을 오열한 토우코가 안정을 되찾길 끈기 있게 기다린 요미사카는 마침내 그녀에게 작별인사를 했다.

"아오이 토우코 씨. 당신의 의뢰는 전부 해결했습니다. 이제 그 꿈은 더 이상 꾸지 않을 겁니다. 당신에게 걸려 있던 자물쇠를 깨끗하게 벗겨냈으니까요. 공주님은 개운하게 깨어나셨고, 이 일에 관련됐던 사람들에게 씌었던 악몽도 같이 사라져준 것 같고, 이제 여러분의 뜻대로 하시면 됩니다.

의미 없는 약혼을 취소해도 좋고, 화창한 날에 혼자 거리를 배회해도 좋고, 불가항력적 사고를 두려워 마시고요. 베개를 잔뜩 높이고 낮잠을 자도 좋고, 뭐든 즐거운 일을 하세요. 지금까지 여러분은 잘못된 방향으로 에너지를 낭비하셨지만, 앞으로는 옳은 곳에 더 효과적으로 쓰실 수 있을 겁니다. 즐거운 삶을 위해."

요미사카의 말에, 토우코는 아직 울음기가 남은 얼굴에 밝은 미소를 지었다.

"네, 그럴게요. 진실을 아는 건 무척 아프지만, 그래도 이제 깨어 있고 싶다는 생각이 드네요. 할아버지를 다시 뵙지 못해 아쉽지만, 그래도 제 안의 사람이 당신을 찾아내줬네요—."

토우코는 어쩐지 그리움이 담긴 눈빛으로 요미사카를 보며 말했다.

"고마워요. 마법사의 제자님."

5

빨래 장대 위에 널린 이불과 방석이 근 보름 만의 햇볕을 쪼이며 따끈따끈하게 부풀고 있었다.

창도 문도 활짝 열어놓아 뻥 뚫린 요미사카 철물점엔 한낮의 빛이 가득했다. 점심 무렵의 강한 햇빛은 장마철에 쌓이고 쌓인 습기를 말끔하게 몰아내며 집안 구석구석을 밝게 비추고 있었다.

풍로 위에서 질냄비가 김을 모락모락 뿜어내고 있었다. 집 안을 온통 채운 달콤한 과실 향 속에서, 요미사카는 방금 전 도착한 편지를 읽는 중이었다.

편지는 다음과 같은 기묘한 호칭으로 시작되었다.

마법사의 제자님! 그동안 잘 지내셨는지요. 그때는 큰 신세를 졌습니다. 요미사카 님께 어떤 말로 감사를 드려야 할지 모르겠습니다.

저희는 모두 잘 지내고 있습니다. 제 소식을 말씀드리면, 최근 가계를 재편하며 그 성 같은 저택을 떠나게 되었습니다. 그 참에 큰맘 먹고 여학교도 그만두기로 했어요. 카오루 씨와의 약혼도 취소하고요.

카오루 씨는 기왕 다니고 있으니 졸업할 때까지 학교를 계속 다니는 게 어떻겠냐고 만류했지만 딱 잘라 거절했습니다. 어쩔 수 없었어요. 학교에 다니는 것보다 더 하고 싶은 일이 생겼거든요.

이제 저는 마법사가 아닌, 무역상의 제자가 될 생각입니다. 그 첫걸음으로 장부 기입하는 법을 공부하고 있어요. 배워야 할 것이 너무 많아서, 조만간 카오루 씨 밑으로 들어가 현장에서 장사를 배울 생각입니다. 지금은 주판으로 계산하는 것도 제법 능숙해졌어요.

스스로 뭔가를 생각하거나 행동하는 건 무척 즐거워요. 주변에서는 무슨 호기심이 그렇게 많냐며 혀를 내두르지만, 저는 그렇게 생각합니다. 이런 말, 제 입으로 말하긴 좀 그렇지만, 상인으로서 재능이 있는 것 같습니다.

참, 이번에 편지를 드린 것은 근황 보고 말고도 한 가지 부탁드릴 일이 있어서예요.

요미사카 님께 의뢰드린 건의 지불을 조금만 더 기다려주셨으면 합니다. 실은 주술 대금으로 드린 약혼반지를 다시 찾고 싶어서요. 결혼이 취소되었는데, 받은 반지를 모른 척하긴 좀 그러니까요.

아오이 토우코 앞으로 청구서를 보내주세요. 대금은 가까운 시일 내에 지참하겠습니다. 그때까지 반지를 간직해주시길.

이상, 꼭 부탁드립니다.

무더위가 점점 더 기승을 부리고 있습니다. 부디 건강히 지내시길.

7월의 어느 좋은 날.

아오이 토우코가 요미사카 히카루 님께.

요미사카는 편지를 다 읽고, 원래대로 접어서 마루 끄트머리에 두었다. 그리고 부엌으로 가서 냄비 뚜껑을 열고 안을 확인했다. 한술 떠서 맛을 보니 잘 된 것 같아 불에서 내렸다.

매년 매실꿀을 만들고, 걸러진 과육을 조려 만든 잼을 각각 병에 담아 보존하는 것은 요미사카가에 내려오는 연중 계획의 필수작업 중 하나였다. 매실꿀과 잼을 만들어두면 한천, 쿠즈키리(주5), 매실빙수 등의

주5) 쿠즈키리: 일본 과자의 하나. 칡가루를 반죽해 익혀 국수처럼 가늘게 잘라 흔히 당밀에 찍어 먹음.

여름 간식에 요긴하게 쓰인다.

작년 여름, 헤이조와 부엌에 나란히 서서 작업했을 때와 똑같이, 물코가 있는 국자로 질냄비 안의 것을 퍼서 소독한 병에 부어넣었다. 이제 병 높이만큼 물을 채운 커다란 냄비에 넣고 끓여서 공기를 빼고 살균하면 완성이다.

요미사카는 부지런히 작업에 열중했다.

질서정연하게 늘어놓은 유리병 테두리가 햇빛을 반사해, 작업대 위에 무지갯빛 파편이 흩어졌다. 달콤한 김이 환기창으로 빠져나간다.

요미사카는 희미하게 일렁이는 수증기의 띠가 어디로 향하는지 눈으로 좇았다. 그리고 마주한 눈부신 빛에 눈을 좁혔다.

화창한 하늘이었다. 환기창 밖으로 보이는 푸른 하늘은 흐린 기운 하나 없었다. 몽글몽글 뭉친 구름이 눈이 아플 정도로 하얗게 빛나고 있다.

요 며칠간 맑은 날씨가 계속되었다.

햇빛도 강하지만, 무엇보다 하늘색이 완연한 여름이다.

새파란 여름 하늘 아래로 소나기를 닮은 매미 소리가 요란하게 쏟아지고 있었다.

— 다음 권에 계속 —

철물점 요미사카 소년의 수상한 부업

2026년 3월 5일 초판 인쇄
2026년 3월 15일 초판 발행

지은이 · 카미우에 유키
그린이 · 요이 마치
옮긴이 · 김혜성

발행인 · 황민호
전략콘텐츠사업본부장 · 박정훈
편집 · 김선림 최경민 윤혜림
마케팅 · 이승아
국제판권 · 이주은 장희정
제작 · 최택순 진용범

발행처 · 대원씨아이(주)

주소 · 서울특별시 용산구 한강대로15길 9-12
전화 · 02-2071-2017 **팩스** · 02-749-2105
등록번호 · 제3-563호 **등록일자** · 1992년 5월 11일

http://www.dwci.co.kr/

KANAMONOYA YOMISAKA SHONEN NO AYASHII FUKUGYO
©2015 by Yuki Kamiue
Machi Yoi (illustration)
All rights reserved.
First published in Japan in 2015 by SHUEISHA Inc., Tokyo.
Korean edition published by arrangement with SHUEISHA Inc., Tokyo
through THE SAKAI AGENCY, INC.

ISBN 979-11-423-4558-6 04830
ISBN 979-11-423-4557-9 (세트)

*이 책은 대원씨아이(주)와 저작권자의 계약에 의해 출판된 것이므로, 무단 전재 및 유포, 공유, 복제를 금합니다.
*이 책 내용의 전부 또는 일부를 이용하려면 반드시 저작권자와 대원씨아이(주)의 서면동의를 받아야 합니다.
*잘못 만들어진 책은 판매처에서 교환해드립니다.